데이비드 호크니의 인생

"이 책의 나는 나와 똑같아.
당신은 나를 완벽히 이해했어."

—데이비드 호크니가 카트린 퀴세에게 보낸 편지에서

데이비드 호크니의 인생

Vie de David Hockney

카트린 퀴세
권지현 옮김

미행

차례

프롤로그 7

흰 슈트의 금발 머리 청년 9

상사병의 유효기간은 삼 년 45

어린아이 99

죽음은 과대평가되었다 143

산사나무꽃이 피었습니다 175

참고 자료 215

호크니 작품 찾아보기 218

옮긴이의 말 220

편집 후기 225

이 책은 소설이다. 모든 내용은 사실에 근거한다. 감정, 생각, 대화는 내가 만들어냈다. 엄밀히 말하자면 만들어낸 것이라기보다는 직감과 추리로 써낸 것이다. 나는 데이비드 호크니를 다룬, 혹은 그가 직접 쓴 많은 수필, 전기, 인터뷰, 전시회 도록, 기사를 읽고 그 데이터에 기초해서 일관성을 찾고 퍼즐을 맞추었다. 나에게 영감을 준 것은 호크니, 그의 작품, 그의 말이었지만, 내가 선보이는 초상화는 호크니의 삶과 인간 호크니에 관한 나의 주관적인 시선을 담고 있다. 호크니가 이 책을 그를 위한 오마주로 봐주기를 바란다.

왜 호크니일까? 나는 그를 한 번도 만난 적이 없다. 살아 있는 누군가의 삶을 빼앗아 그것을 소설로 쓴다는 건 묘한 일이다. 하지만 실제로는 그에게 나를 빼앗겼다. 그에 관한 글들은 나를 열광시켰다. 나는 그의 자유로움에 사로잡혔다. 나는 독자를 외부에 머물게 할 수밖에 없는 다큐멘터리 소재를 가지고 호크니가 겪은 내면의 여정을 비출 수 있는 이야기로 가공하고 싶었다. 본질적인 질문, 즉 사랑, 창작, 삶, 그리고 죽음을 연결하는 질문들에 집중하고 싶었다.

흰 슈트의 금발 머리 청년

그의 아버지는 열성 평화주의자였다. 아버지는 일차 세계대전이 자신의 큰형에게 어떤 영향을 미쳤는지 똑똑히 봤다. 독가스를 마시는 바람에 완전히 망가진 형은 유령이 되어 돌아왔다. 1939년에 또 한 번의 세계대전이 일어나자 아버지는 전쟁에 반대한다고 말하고 다녔다. 그래서 직장을 잃었고, 정부 보조금도 받을 수 없었으며, 수많은 적을 만들었고, 이웃들의 멸시를 샀다. "얘들아, 이웃들이 무슨 생각을 하든 상관 마라." 이것이 그가 네 명의 아들과 한 명의 딸에게 준 가장 큰 인생의 교훈이었다.

 아버지는 돈은 없었지만 수완까지 없지는 않았다. 쓰레기장에서 주워 온 고장 나고 낡은 손수레를 고치고 페인트를 다시 칠해서 새것처럼 만들 정도로 손재주가 좋았다. 전쟁이 끝나자 이번에는 자전거를 고쳐 팔았다. 어린 데이비드에게는 아버지의 손에 쥐어진 붓이 자전거 몸체에 닿는 순간이 세상에서 가장 아름답게 보였다. 자전거의 녹은 한순간에 선홍색으로 변했다. 꼭 마법처럼 세상이 색을 갈아입었다.

데이비드는 아버지가 자랑스러웠다. 어머니가 심각한 표정으로 진지하게 말했듯이 아버지는 진짜 예술가였다. 워낙 재주가 좋아서 돈 한 푼 들이지 않고도 멋지게 옷을 차려입을 줄 알았다. 예를 들면 종이에 화려한 색으로 점이나 줄무늬를 그려 넣고 그걸 오려서 셔츠 깃이나 넥타이에 붙였다. 데이비드는 척척박사 같은 아버지의 솜씨를 우러러봤다. 아버지 켄 호크니는 자전거를 고쳐서 집 바로 앞에 있는 공중전화 번호를 넣어 신문 광고를 냈다. 그런 다음에 길거리에 소파를 가져다 놓고 편안하게 앉아 신문을 읽었다. 비가 올 때면 우산까지 펼치고서. 거기가 아버지의 가게였다. 집을 다시 칠하려고 결심한 날에는 문에 나무판을 못으로 박고 그 위에 붉은 노을 색을 칠했다. 데이비드는 시간 가는 줄 모르고 문을 바라보았다.

데이비드는 머리 위로 날아가는 전투기들, 두 형과 누나, 그리고 임신 구 개월의 어머니와 함께 대피했던 날을 어렴풋이 기억했다. 하지만 폭격이 일어났을 때 어머니의 손을 으스러질 듯 꽉 잡은 큰형의 공포에 대해서는 전혀 기억하지 못했다. "엄마, 우리를 위해 기도해줘요"라고 했던 말도. 폭탄이 떨어져 살던 동네의 집 여러 채가 무너졌고 무사했던 집들도 멀쩡한 창문이 하나도 없었지만 (데이비드의 집 창문만 깨지지 않았다) 그것도 기억이 없다. 데이비드에게 어린 시절은 누나, 형들과 함께 밖에서 뛰어놀던 시간, 숲을 거닐고, 자전거를 타고 시골길을 달리던 시간, 성당에서 교리문답을 배우던 일요일(물 위를 걷는 예수님, 죽은 자를 살리는 예수님 등 그날 미사에서 들었던 내용을 종이에 그리며 보냈다), 그날의 활동을 그림과 함께 기록했던 스카우트 캠프로 기억된다. 토요일에는 아버지가 아이들을 극장에 데려가 슈퍼맨, 찰리 채플린, 로렐과 하디를 보여주었다. 아버지는 가장 싼 육 펜스짜리 좌석을 샀다. 맨 앞에서 세 번째 줄이었기 때문에 스크린과 가까워서 영화를 볼 때면 화면 속에 빠져들어가는 느낌을 받았다. 크리스마스에는 앨햄브라 극장에서 배꼽 빠지게 웃긴 무언극을 관람했다. 일요일에는 친구들을 초대해서 어머니가 준비한 차를 마실 수 있었다. 오븐에서 갓 구워낸 쿠키의 고소한 냄새가 집 안을 가득 채웠고, 브리오슈, 미니 샌드위치, 잼이 식탁을 점령했다. 부엌에는 원하는 만큼 마음껏 먹을 수 있는 아이들의 웃음이 끊이지 않았다.

데이비드는 집이 가난한지도 몰랐다. 그에게 즐거움을 주는 것은 다 공짜였다. 버스 타기, 버스 이층에 올라가기, 담배 연기를 뿜어대는 남자나 장바구니 좀 치워달라고 정중하게 부탁하는 할머니 옆에 앉기. 데이비드는 버스의 큰 유리창을 통해 멀리 펼쳐지는 풍경을 바라보곤 했다. 십대에도 두 해 여름 동안 일했던 농장으로 가기 위해 게

로비 언덕 정상까지 자전거를 끌고 가면서 똑같은 기쁨을 느꼈다. 정상에 서면 요크 계곡 전체가 내려다보였다. 160도 파노라마가 아무런 장애물 없이 펼쳐졌다. 이보다 더 아름다운 풍경이 있을까?

데이비드에게는 부족한 게 없었다. 종이만 빼고. 그렇게 그림을 좋아하는 아이에게 전쟁 이후 종이 부족 사태는 문제가 아닐 수 없었다. 데이비드는 책, 공책, 신문, 만화책 등 손에 잡히는 모든 것의 귀퉁이를 그림으로 채웠다. 가끔 형이 화를 냈다. "너 또 만화책에 낙서했어? 안 보여서 읽을 수가 없잖아!" 평생 그림을 그리며 살 수 있을까? 만약 화가라면 그럴 수 있다. 화가란 뭘 하는 사람일까? 크리스마스 엽서나 영화 포스터를 그리는 사람이다. 데이비드가 살던 도시에는 영화관이 사십여 개나 있어 포스터가 사방에 붙어 있었다. 데이비드는 노을을 배경으로 어떤 남자가 여자 쪽으로 몸을 기울인 포스터를 유심히 관찰했다. 그는 자기도 그것과 비슷하게, 혹은 더 잘 그릴 수 있다고 생각했다. 저녁이나 성당에서 돌아온 일요일 오후에는 원하는 걸 그릴 수 있을 것이다. 생활비를 모두 해결하고 약간의 운이 따라준다면 종이 살 돈을 마련할 수 있을 것이다. 그만하면 괜찮은 삶일 것이다.

어린 데이비드는 그렇게 꿈을 꿨다.

그런데 그는 꿈만 꾸는 아이가 아니었다. 그는 뛰어난 학생이기도 했다. 도시에서 가장 좋은 중학교의 장학금을 받았다. 유머가 넘치고 그림도 잘 그려서 학교에서도 평판이 좋았다. 친구들이 클럽 포스터를 그려달라고 하면 거절하는 법이 없었다. 데이비드의 이 작품들은 학교 입구에 마련된 게시판에 걸려서 마치 개인 전시회처럼 보였다. 포스터가 없어지는 일도 잦았는데, 데이비드는 기분 나빠 하지 않았다. 수업 시간에도 그는 필기 대신에 그림을 그렸다. 선생님이 작문한 글을 읽어보라고 하자 데이비드는 글은 쓰지 않고 대신에 '이걸 했다'며 자화상 콜라주를 보여주었다. 교실에서 긴장감 넘치는 일 분이 흐른 뒤 선생님은 이렇게 말씀하셨다. "와, 멋진걸, 데이비드!"

어린 시절은 행복했다. 물론 형들과 싸우고, 친구들과 다투기도 했다. 억울하게 벌도 받았다. 하지만 울분은 오래가지 않았다. 열네 살이 될 때까지 데이비드는 세상의 어리석음을 경험하지 못했다. 거의 열네 살이 되었을 때 교장 선생님이 데이비드의 부모에게 편지를 써서 아들을 미술학교에 보내라고 권했다. 데이비드가 일반 고등학교에서도 충분히 공부할 능력이 있지만 그림에 재능과 열정이 있는 건 분명한 사실이었다. 데이비드는 자신을 잘 이해했던 교장 선생님, 그리고 아들을 사랑했기에 비록 최고는 아니어도 전문학교로 진학을 허락해준 부모님에게 무척 감사했다. 브래드퍼드 미술학교와 약속을 잡고 가서 그림을 보여준 뒤 데이비드는 입학 허가를 받았다. 장학생이었기 때문에 도시의 교육 담당관에게 승인만 받으면 되었다. 답변은 한 달 뒤 도착했다. "서류를 면밀히 검토한 결과 위원회는 귀하의 자녀가 미술로 특화하기 전에 일반 교육 과정을 마치는 게 더 좋겠다고 판단했습니다."

달리 구제할 방법이 없었다. 데이비드는 지정된 학교로 가야 했고, 이 년 동안 수학, 영어, 역사, 지리, 프랑스어, 화학을 아침부터 저녁까지 공부해야 했다. 미술 수업은 물론 없었다. 부모님은 아들을 위로했다. 이 년은 금방 간다고. 데이비드는 인생 최대의 분노를 느꼈다. 공문에 서명한 꽉 막힌 공무원에게 그의 이 년은 서명에 걸린 이 초라는 시간만큼 하찮은 것이었다. 한 번도 만나지 못한 사람이 어떻게 자신의 운명을 결정한단 말인가? 데이비드는 그 파시스트에게 자신의 능력을 보여주고 싶었다. 그는 공부를 그만뒀다. 성적은 곤두박질쳤고, 경고가 늘어났다. 하지만 데이비드는 신경 쓰지 않았다. 퇴학당하면 장학금을 잃을 것이다. 선생님의 말대로 그건 엄청난 낭비였다. 그래도 좋았다. 하지만 천사가 그를 돌보았는지, 어머니는 아들을 달래려 하지 않았다. 오히려 브래드퍼드 미술학교에서 아이들을 가르치는 이웃에게 찾아가 아들에게 공짜로 수업을 해줄 수 있는지 물었다. 학생의 재능을 알아본 선생은 그러겠다고 했다. 저녁에 받았던 미술 수업은 데이비드가 숨을 쉴 수 있게 해줬다. 그러자 성적도 다시 올랐다.

오후에는 숙제를 내팽개치고 영화관에 가곤 했다. 그는 극장에 공짜로 들어가는 방법을 찾았다. 출구 근처에서 기다리고 있다가 누군가 문을 열고 나오면 자신도 나오는 사람인 것처럼 행세하면서 뒷걸음질 쳐 안으로 들어갔다.

어느 날인가는 거의 텅 빈 극장에서 험프리 보가트가 나오는 흑백 영화를 넋 놓고 보았다. 옆에 누가 앉았는지도 몰랐다. 그런데 갑자기 어둠 속에서 누군가가 그의 손을 움켜쥐더니 뭔가 따뜻하고 단단한, 털이 복슬복슬한 것에 가져갔다. 데이비드의 심장은 요동치기 시작했다. 무서웠지만 아무것도 할 수 없었다. 자신의 손을 움켜쥔 손이 수직 운동을 시작했다. 속도가 점점 빨라졌고 이윽고 남자는 신음을 토했다. 데이비드는 영화가 끝나기도 전에 극장을 빠져나왔다. 끈적끈적한 손을 비비며 벌게진 얼굴로 극장을 나온 뒤로 데이비드의 머릿속에서는 극장 안에서 벌어진 일이 떠나지 않았다. 두려움은 쾌락과 양립할 수 없는 게 아니었나? 이 일은 데이비드에게 일어났던 가장 흥분되는 일이었다. 하지만 어머니에게는 아무 말도 할 수 없었다. 그렇게 큰 쾌감을 주는 게 나쁜 것일 수 있을까? 친구들은 늘 여자애들 얘기뿐이었다. 하지만 그 어떤 여자아이도 데이비드에게 그런 떨림을 준 적은 없었다.

데이비드는 열여섯 살에 고등학교를 마쳤다. 형제자매 중 대학을 간 사람은 아무도 없었다. 데이비드처럼 그림을 좋아했던 폴은 고등학교를 졸업하고 그래픽디자인을 공부하고 싶었지만 일자리를 찾아야 했고 결국 사무실 서기로 일했다. 그러니 동생이 미술대학에 가는 건 부당했다. "리즈에 있는 광고 그래픽 회사에서 일하는 건 어때?" 이런 어머니 말에 데이비드는 포트폴리오를 만들어 자전거를 타고 미래의 고용주들을 찾아갔다. 데이비드는 그들에게 들은 얘기를 어머니에게 기쁜 마음으로 전했다. "기본을 먼저 배워야 할 것 같은데." 면접을 봤던 회사 중 한 곳에서 무급 인턴으로 일하면 채용하겠다고 약속하자 데이비드는 생각해보겠다고 답하고는 어머니에게 한마디도 하지 않았다.

어머니는 결국 양보할 수밖에 없었다. 그녀는 브래드퍼시의 교육과에 편지를 써서 삼십오 파운드를 받아냈다. 그리 많지 않은 금액이었지만 형이 지루해 죽을 정도로 일해서 버는 돈도 그 두 배가 넘지 않았다. 데이비드는 여름을 농장에서 옥수수 이삭을 엮고 저장하는 일을 하며 보냈다. 그 바람에 햇볕에 그을려 9월 브래드퍼드 미술학교에 입학했을 때 아버지와 함께 헌 옷 가게에서 산 옷을 입자 까무잡잡한 피부가 두드러졌다. 긴 붉은색 스카프, 줄무늬 재킷, 너무 짧은 바지, 검은 머리에 쓴 둥근 모자…. 데이비드는 러시아 농부 같았다. 친구들은 그에게 보리스라는 별명을 붙였다.

친구들은 마음대로 별명을 짓고 그를 놀릴 수 있었다. 데이비드가 언제나 친구들과 웃을 준비가 되어 있었기 때문이다. 그는 어떤 일에도 불쾌해하는 법이 없었다. 이 년이나 기다린 뒤에 비로소 아침부터 저녁까지 자신이 사랑하는 일에 전념할 수 있게 되었으니까. 학교에는 회화과와 그래픽디자인과가 있었다. 교장이 그에게 어느 과를 선택할 거냐고 물었을 때 데이비드는 망설이지 않았다. "저는 화가가 되고 싶습니다." "자네 불로소득자라도 되나?" 교장이 놀라며 물었다. 불로소득자가 무슨 말인지 몰랐던 데이비드는 대답을 할 수 없었고, 교장은 선심이라도 베푼 듯 "디자인과로 가시게"라고 말했다. 그래픽 디자인과는 상업 미술을 공부하는 과여서 졸업하면 돈을 잘 벌 수 있었다. 데이비드는 이 주 뒤에 전과를 요청했다. "그러면 선생님이 되는 교육도 받아야 하네." 학교에서 데이비드에게 그림을 그리게 해주는 대신 바라는 건 이것뿐이었다.

일 년 전에 개인 교습을 해줬던 옆집 노인은 미술대학 학생들을 노리는 위험이 있다고 경고했다. 그건 바로 게으름이었다. 데이비드는 하루에 열두 시간씩 공부했다. 해부학, 원근법, 회화, 조각, 유화 등 닥치는 대로 배우고 싶어 했다. 그는 책을 베끼거나 자연을 베꼈다. 자신의 작업을 보고 스승들이 내는 의견에 열광했다. 스승들은 그가 전혀 보지 못한 것을 보았고 그의 관점을 넓고 깊게 해주었기 때문이다. 젊은 교수였던 데릭 스태퍼드는 그림이 단순한 모방이 아니라 지적인 행위라는 것을 가르쳐주었다. 생각하고, 움직이고, 관점을 바꾸고, 대상을 여러 각도에서 바라보아야 한다. 데이비드는 스태퍼드 교수처럼 똑똑하고 세련된 사람은 처음 만나봤다. 그는 브래드퍼드 출신이 아니었다. 전쟁 때문에 최고 미술대학인 왕립 미술대학을 그만두어야 했다. 프랑스와 이탈리아를 여행했고, 읽지 않은 책이 없었다. 그는 학생들을 집으로 초대해서 담배를 권하고 욕실에서 토할 때까지 프랑스 와인을 마시게 했다. 그는 학생들에게 런던에 가라고, 그게 중요하다고 말했다. 열여덟 살이었던 데이비드는 대학에서 만난 친구들과 난생처음 런던에 가보았다. 그들은 밤에 차를 얻어 타고 새벽녘에 런던에 도착했다. 지하철 표를 사서 순환선인 서클 라인을 타고 미술관이 문을 열 때까지 지하철에서 잠을 잤다. 그날 데이비드는 태어나서 그때까지 본 것보다 더 많은 예술 작품을 감상했다. 프랜시스 베이컨과 뒤뷔페를 알게 되었다. 피카소도. 브래드퍼드 미술학교에 피카소라고 불리는 학생이 있었다. 그림을 그릴 줄 몰라서 그런 별명이 붙었다. 데이비드는 고개를 저었다. 친구들이 틀렸다. 피카소는 그림의 천재였다.

이 년 동안 학교에 다닌 데이비드는 과감하게 리즈 아트 갤러리에 작품 두 점을 보냈다. 요크셔에서 이 년마다 한 번씩 열리는 전시회에 출품하고 싶어서였다. 그래 봤자 거절당하기밖에 더 하겠는가. 그런데 놀랍게도 갤러리에서 그의 작품을 뽑아주었다. 역시 도전이 답이었다. 이루어지든 이루어지지 않든 한계를 넘어서야 한다. 그러면 무슨 일이든 닥친다. 데이비드는 자신의 작품에 가격을 매기는 오만불손함을 보이지 않았다. 그는 그저 학생이었을 뿐이다. 샌드위치와 차를 공짜로 맛볼 수 있는 전시회 개막 행사에서 데이비드는 당당하게 있을 수 있다는 기쁨을 느꼈다. 고작 열여덟 살이었던 그가 벌써 화가들과 어깨를 나란히 한 것이었다. 데이비드는 부모님도 초대했다. 아들의 작품 두 점이 스승들의 작품과 나란히 걸려 있는 모습을 뿌듯해하는 부모님을 보며 데이비드의 기쁨도 배가되었다. 부모님이 집으로 돌아간 뒤 한 남성이 데이비드에게 다가와 작품 중 하나인 데이비드 아버지의 초상화를 십 파운드에 사고 싶다고 제안했다. 십 파운드라니! 그가 받는 장학금의 사 분의 일이 넘는 액수였다. 데이비드가 입을 열어 제안을 수락하려는데, 그때 갑자기 작품이 자기 게 아니라는 생각이 들었다. 캔버스는 아버지가 사주었고 자신은 그 위에 그림만 그렸으니 말이다. "잠깐만요." 데이비드는 서둘러 아버지에게 전화를 걸었고, 아버지는 자신의 초상화를 누가 사려 한다는 말에 좋아했다. 얼굴을 온통 황토색으로 칠하는 아들에게 진심으로 조언했지만 아들은 학교에서 다 그렇게 그린다고 했던 작품이다. 십 파운드를 받고도 데이비드는 여전히 믿을 수가 없어서 어머니에게 전화를 걸었다. "엄마, 저 아빠 팔았어요!" 어머니는 웃음을 터뜨렸다. 데이비드는 그날 저녁 친구들을 술집으로 초대해서 축하주를 마셨다. 친구들에게 한 잔씩 돌리고 나니 일 파운드나 들었다. 정신 나간 짓이었지만 아직 구 파운드나 남았으니 물감과 캔버스를 살 수 있었다.

  데릭과 런던은 데이비드에게 생각의 폭을 넓혀주었다. 데이비드는 브래드퍼드에서는 화가가 될 수 없다는 걸 깨달았다. 런던의 유명한 미술학교에 들어가야 했다. 데이비드는 두 해 여름 동안 아버지가 고쳐준 수레에 물감과 붓을 싣고 나가 브래드퍼드의 길거리를 그리며 지냈다. 어머니에게는 방 하나를 화실로 쓸 수 있게 해달라고 졸랐다. 어머니는 데이비드가 물감 뚜껑을 제대로 닫지 않아 바닥이 물감으로 더러워지기 때문에 화를 내곤 했다. 아들에게 부주의하고 다른 사람의 물건을 소중히 여길 줄 모른다고 야단도 쳤지만 데이비드는 어머니가 허락할 걸 알았다. 어머니는 늘 아들 편이었다. 1957년 봄 데이비드는 포트폴리오를 완성했다. 그때 그는 아직 스무 살을 넘지 않았다. 데이비드는 왕립미술대학에 포트폴리오를 보냈다. 왕립미술대학은 지원자 열 명 중 한 명밖에 뽑지 않기 때문에 확률을 높이려고 슬레이드 미술대학에도 지원했다. 서류 전형에 합격한 데이비드는 런던으로 면접을 보러 갔다. 그는 면접 전날 잠을 이룰 수 없었다. 미술관에 둘러싸여 성장한 경쟁자들과 달리 자신은 모르는 것도 많고 모자란 것도 많다는 생각 때문이었다.

그는 합격했다.

그러나 학교에 가려면 먼저 군대에 가야 했다. 데이비드는 아버지처럼 양심적 병역 거부자였기 때문에 결국 병원으로 파견되었다. 리즈와 헤이스팅스에서 간호보조사로 복무한 이 년 동안 아침저녁으로 노인과 병자 들을 돌보고 그들의 초췌한 몸에 연고를 발라주거나 시체를 닦았다. 그러다 보니 그림을 그리기는커녕 생각할 시간조차 없었다. 데이비드는 밤마다 프루스트를 읽으려고 애썼지만 한마디도 이해하지 못하고 잠들기 일쑤였다. 그는 자신이 얼마나 행운아인지 알고 있었다. 고맙다는 소리도 못 듣는 이 고된 일을 평생 하지 않아도 되니 말이다. 왕립미술대학이 그를 기다리고 있었다.

드디어 그는 학교에 입학했다.

그는 런던에 있었고, 영국뿐 아니라 세계적으로도 손꼽히는 미술대학에 다녔다. 데이비드는 자신은 한 번도 생각해본 적이 없는 주제들에 대해 확신에 찬 친구들을 보았다. 그중 한 친구가 "폴록 이후에는 더 이상 모네처럼 그릴 수 없지!"라고 외치자 데이비드는 마치 자기를 겨냥한 소리를 들은 것 같아서 얼굴이 붉어졌다. 데이비드는 구상화가 촌스러워졌고 현대적인 것에 반한다는 것을 알게 되었다. 프랑스 회화에 관심 있는 학생은 한 명도 없었다. 데이비드는 사 년 전에 아주 자랑스럽게 팔았던 아버지의 초상화를 친구들이 봤다면 엄청 창피했을 것 같았다. 그 초상화는 극단적인 추상 미술에 반기를 들었던 유스턴 로드 스쿨 또는 나비파에 속했던 뷔야르와 보나르 같은 프랑스 화가들의 영향을 받아 그렸던 그림이다. 지금 통하는 건 미국의 추상화뿐이었다. 아무것도 없는 긴 캔버스와 숫자로 된 제목. 데이비드는 1959년 겨울 테이트 모던 미술관에서 추상표현주의 화가들의 대규모 전시회를 관람했고 빌럼 데 쿠닝, 잭슨 폴록, 샘 프랜시스, 바넷 뉴먼도 알게 되었다. 이 전시회에 이어 화이트채플 갤러리에서 열린 전시회들이 데이비드가 가진 예술에 대한 개념을 완전히 바꾸어놓았다. 현대적이지 않으면 아무것도 아니었다.

데이비드의 첫 작품은 무엇이 될까? 다른 건 몰라도 구상화는 절대 안 되었다. 데이비드는 요크셔 지방의 억양도 강해서 사람들에게 촌뜨기로, 또 아마추어 화가로 취급당할까 봐 겁났다. 그는 안전지대를 찾아야 했고, 그것이 바로 데생이었다. 교실에 걸려 있던 해골이 그에게 영감을 주었다. 해골이라니! 누구도 생각 못 할 소재였다. 디테일을 살린 큰 데생을 그리면 그가 해부학과 원근법을 완벽하게 배웠다는 걸 보여줄 수 있을 것이다.

모두 그의 해골 데생을 보았다. 그리고 대단하다고 말해줬다. 데이비드는 첫 시험을 통과했다. 우스갯거리가 되지도 않았다. 그랬더니 마음이 편해졌다. 그에게 오 파운드를 건넨 친구도 있었다. 부유한 학생이었던 그는 군대에서 넉넉한 장학금을 받고 런던에 유학 온 미국 군인 론이었다. 학생이 그린 데생을 오 파운드에 사는 사람은 미국인밖에 없을 것이다. 론은 데이비드보다 다섯 살 많았고, 결혼했으며 자식도 있었다. 북적이는 얼스 코트에서 좁아터진 방을 다른 대학생과 나눠 쓰던 데이비드와 달리 론은 제대로 된 집에서 살고 있었다. 그는 그림도 천천히 그렸고 다른 사람의 시선을 의식하지 않았다. 그런 론의 독립적인 정신이 데이비드에게 그의 아버지를 떠올리게 했다. 두 사람은 친구가 되었다. 그들은 아침에 그 누구보다 일찍 학교에 나와서 함께 차를 마시고 그림을 그렸다. 예술, 예술사, 현대 미술에 대해서도 많은 얘기를 나눴다. 데이비드는 브래드퍼드에서 알았던 화가들과 미술학교의 교수들마저도 예술가는 아니라는 걸 오래전부터 알고 있었지만 그 이유는 이제야 깨달았다. 그들은 예술사에서 자신이 어떤 위치를 차지하는지 한 번도 생각해보지 않은 사람들이었다. 이런 근본적인 질문을 던지고 답을 찾지 않으면 예술가가 될 수 없다. 데이비드는 물감과 붓을 담은 가방을 메고 가볍게 산책을 즐기다가 발걸음을 멈추고 나무나 집을 그리며 행복한 여름을 보내는 사람과는 공통점이 하나도 없었다. 구상화는 포스터나 크리스마스 카드를 만드는 사람들에게나 좋을 것이다. 데이비드는 잘못된 길로 빠질 뻔하다가 새로운 분위기 속에서 눈을 떴다. 그는 현대적인 사람이 될 것이다. 그 말에 론은 고개를 끄덕이며 웃었다.

데이비드는 행복해야 했다. 이 학교에 받아들여지기 위해 그는 모든 노력을 기울였다. 성적이 발표되던 날, 그는 바늘구멍을 통과해서 천국에 이른 기분이었다. 직장인이었던 형들과 누나, 브래드퍼드의 이웃들이 누리는 단순한 삶에서 벗어난 것 같았다. 그는 병원에서 일했던 이 년 동안 미래를 꿈꾸며 참을성 있게 기다리는 법을 배웠다. 그를 오랜 잠에서 깨워줄 해방의 순간이 오리라는 것을 알았다. 데이비드는 마침내 자유를 느꼈다. 그러나 자신이 원했고, 이제 손에 잡힐 듯 가까이 다가온 행복은 손가락 사이로 빠져나가버렸다. 그는 그림 그리는 기쁨을 처음으로 잃었다. 이상하게 작업에 집중을 못 하고 에너지와 열의를 잃었다. 내가 틀렸던 걸까? 나는 위선자일 뿐일까?

론은 스물두 살밖에 안 된 친구가 불안감을 토로하는 모습을 지켜봤다. 데이비드는 방황하고 있었다. 두 사람은 정치, 문학, 우정, 사랑, 채식에 관해서도 토론했다. 데이비드는 부모님처럼 채식주의자였다. 그는 론과 매일 대화를 나누면서 외로움을 채워 나갔다.

그러던 어느 날 론이 말했다. "너에게 중요한 걸 그려야지. 걱정하지 마. 너는 어쩔 수 없이 현대적이니까. 거의 그래."

론의 아이디어는 흥미로웠다. 자신의 시대에 속하려고 노력할 필요가 없다니. 사람은 어쩔 수 없이 당대에 속하니까. 그러고 보니 론의 구상화는 마네나 르누아르 시대에 그린 그림과는 닮은 구석이 없었다. 어쨌든 뭔가 달라져야 했다. 그림에 대한 즐거움을 되찾지 못한다면 싱크대 위에 버려진 말라빠진 레몬 꼴이 되는 셈이다. 사실 데이비드는 레몬을 그리고 싶었다. 레몬의 둥근 형태가 워낙 추상적이어서 아무도 그가 현대적인 것에 반한다고 비난하지 못할 것이다. 하지만 데이비드의 머릿속에서 레몬은 정물이었다. 레몬에 이어 데이비드가 그리고 싶었던 것은 타이푸 티 박스였다. 그는 매일 아침 학교에 도착하면 박스에서 티 하나를 꺼내 마셨다. 티 박스는 어머니 생각도 나게 했고 그에게 좋은 하루를 기원해주는 것 같았다. '타이푸 티' 주위로 글자나 숫자를 넣을까도 했었다. 가까이 들여다보고 무슨 뜻인지 가늠하도록 말이다. 그가 그렇게 몰래 삽입한 건 약간의 인류애였다. 가까이 다가가기 힘든 추상화와 달리 문자와 숫자로 관객을 끌어들인 것이다.

론은 복도에 있는 작업 공간을 또 다른 학생인 에이드리언과 나눠 썼는데, 데이비드가 오후에 찾아가면 그는 그 친구와 수다를 떨고 있었다. 에이드리언도 게이였다. 그는 스물두 살에 데이비드가 처음 만난, 커밍아웃한 게이였다. 데이비드는 오래전부터 자신이 남자를 좋아한다는 것을 알았다. 하지만 성관계는 거의 전무했다. 혼자 드나들던 장소에서 아주 드물게 남자들을 만났고, 그런 만남도 오래가지 않았다. 어느 날 동기가 그에게 "지난번에 그 술집에서 어떤 남자랑 있는 거 다 봤어"라고 말하자 데이비드는 얼굴이 새빨개졌다. 그 술집은 학교에서 꽤 멀었는데 하필이면 아는 동기가 그곳을 찾았다. 레스터 광장의 한 영화관에서 한 시간 전에 만난 남자가 술집에서 그를 더듬고 있을 때였다. 그러다가 데이비드는 당황했던 게 화가 났다. 만약 여자와 같이 있는 모습을 들켰어도 얼굴이 빨개졌을까? 그럼 친구가 언급이라도 했을까? 그는 뭔데 친한 척하며 놀리는 투로 물었을까? 데이비드는 이 사연을 그림으로 그리고 〈수치심〉이라는 제목을 붙였다. 발기한 음경밖에는 보이지 않는 작품이다. 에이드리언이 남자들과 맺은 관계를 과감하게 떠드는 사이 데이비드는 '나도 저렇게 살아야지'라고 생각했다. 에이드리언은 그에게 미국 시인 월트 휘트먼과 그리스 시인 콘스탄티노스 카바피스를 읽어보라고 권했다. 데이비드는 휘트먼은 알고 있었지만 카바피스는 처음 들었다.

스물세 살의 여름 데이비드는 휘트먼과 카바피스를 읽었다. 휘트먼의 작품은 구하기 쉬웠지만 카바피스의 시집은 그렇지 않았다. 브래드퍼드 시립 도서관에 가봤지만 서가에 없었다. 도서관의 '지옥'이라 불리는 특별 서가에서 꺼내 와야 했다. 데이비드가 서지 정보를 사서에게 건네자 사서는 그에게 의심스러운 눈초리를 던졌다. 마치 런던으로 떠나 타락해버린 탕아가 한 손으로는 책을 들고 읽으며 다른 한 손으로는 책이 일으키는 흥분을 해소하려는 것은 아닌지 의심하는 듯했다. 여름이 끝날 무렵, 데이비드는 책을 반납하러 가길 망설였다. 사서의 찌푸린 눈살을 다시 마주할 용기도 나지 않았지만 카바피스와 헤어지는 게 싫었다. 책은 그의 것이었다.

그리스 시인의 유머는 데이비드의 마음을 단박에 사로잡았다. 데이비드가 가장 좋아하는 시는 「야만인들을 기다리며」였다. 이 시의 반복구 '오늘 야만인들이 온다'와 들이닥칠 것을 걱정했던 야만인들의 모습이 보이지 않는다는 내용의 마지막 시구 '그들은 일종의 해답이었다'가 특히 마음에 들었다. 그것은 진실을 말하고 있었다. 사람들은 늘 가식적인 변명만 늘어놓으니까. 사람들은 대담함도 자유도 없으니까. 휘트먼과 카바피스는 데이비드가 느끼던 것을 쉬운 말로 표현했다. 도저히 이해할 수 없었던 프루스트와는 달랐다. 휘트먼은 "그날 밤, 그의 팔이 내 가슴에 살며시 내려앉았네 / 그날 밤 나는 행복했네"라고 두 남자의 사랑을 표현했다. 데이비드는 일 년 만에 처음으로 자신이 중요하다고 생각하는 것을 그림으로 그려야 겠다는 확신이 들었다. 욕망과 사랑보다 더 중요한 것은 없었던 스물세 살이었다. 휘트먼과 카바피스가 언어를 사용해서 금기를 우회했듯이 그는 이미지를 통해서 금기를 표현할 것이다. 그 누구도 그것을 가능하게 해주지 않았다. 교수들도, 다른 화가들도. 그것은 전적으로 데이비드 자신의 결정이어야 했다. 그가 하는 창작, 그가 하는 자유의 행사여야 했다.

대학에 돌아온 데이비드는 〈우리 달라붙은 두 소년〉 등 휘트먼의 작품에 나오는 단어와 문장, 그리고 얼스 코트 지하철역의 남자 화장실 문에서 봤던 "…로 전화주세요", "내 남동생은 열일곱 살이에요" 같은 낙서를 넣은 연작을 완성했다. 마치 아이들이 그린 듯 기하학적 형태를 띤 인물들은 머리카락, 입, 이, 뾰족한 귀, 발기한 음경 등으로만 구분이 가능했다. 그는 그림에 자신을 그려 넣기 위해 휘트먼에게서 아이 같은 코드를 차용했다. 예를 들어 알파벳 철자를 숫자로 바꿔서 자신의 이니셜이 되는 4.8을, 그리고 휘트먼을 뜻하는 23.23을 아주 조그맣게 화폭에 적어 넣었다. 크기가 워낙 작고 색도 엷어서 주의하지 않으면 보이지 않는다. 그래서 데이비드의 새 작품을 예술적인 관점에서만 접근해 폴록이나 뒤뷔페의 영향을 받았다고 해석하지 못할 수 있다. 데이비드의 교수들도 그의 작품에서 불타오르는 감정밖에 보지 못했다. 데이비드는 시스템을 속이는 훌륭한 방법을 찾은 것이다.

그는 일 년 동안 느꼈던 슬픔을 씻고 열심히 그림만 그렸다. 그는 루틴을 만들었다. 학교에 일찍 가면 론 외에 아무도 없었다. 그러면 다른 학생들이 도착할 때까지 두 시간 동안 조용히 그림을 그렸다. 오후 세 시에 동기들이 차를 마시러 가면 데이비드는 혼자 또는 친구의 여자친구인 앤과 영화를 보러 가곤 했다. 빨간 머리의 예쁜 대학생이었던 앤은 데이비드만큼이나 미국 영화를 좋아했다. 그러고는 다른 학생들이 집으로 돌아갈 시간에 다시 학교로 돌아와 밤늦게까지 혼자 그림을 그렸다. 그렇지 않더라도 데이비드는 갈 데도 없었다. 다른 사람과 나눠 쓰던 코딱지만 한 방을 나와 싸구려 오두막에서 지내던 때였다. 그는 혼자 있는 게 좋지만 남의 집 안마당에 있는 작은 오두막이 너무 불편해서 그곳에서는 잠만 잤다.

9월이 되자 마크라는 미국인 학생이 새로 들어왔다. 에이드리언처럼 동성애자임을 공공연히 드러내고 다녔던 마크는 미국에서 금발 머리의 젊은 근육질 청년들이 팬티 차림으로 찍은 사진이 담긴 잡지들을 가져왔다. 가리려는 부분이 오히려 더 강조되는 속옷이었다. 데이비드는 당장 잡지를 빌렸다. 잡지를 넘겨 보며 욕정이 깨어나는 걸 느낀 데이비드는 왜 아름다운 것과 즐거움을 주는 것이 감춰져야 하는가에 대해 또다시 의문이 들었다. 잡지는 미국에서 발행된 것이었다. 학교에서 가장 친한 친구 세 명 중 두 명이 미국인이었다. 데이비드는 자신이 나고 자란 도시에서는 한 번도 동성애자를 만나본 적이 없었다. 두 성인 남자가 합의하고 성관계를 맺었다고 해도 영국에서는 형사 처벌감이었다. 『피지크 픽토리얼Physique Pictorial』에 나오는 금발 머리 청년들은 불끈불끈한 이두근을 자랑하고 있었고, 그걸 본 데이비드는 당장 미국으로 날아가고 싶었다. "뉴욕에 오면 우리 집에서 지내." 마크는 뉴욕에 가는 일이 브래드퍼드에 기차를 타고 가는 것만큼 쉬운 것처럼 말했다. 비행기 표는 수백, 아니 수천 파운드나 될 텐데 말이다. 그것은 다른 세상의 일이었다. 데이비드는 영국 밖으로 나가본 적이 한 번도 없었다.

그는 마크, 에이드리언, 론에게 고마웠다. 그들은 데이비드의 삶에 자유의 숨결을 불어넣어준 친구들이었다. 크리스마스나 부활절에 집에 돌아가면 부모님을 만나고, 어머니가 채식으로 준비한 식사 테이블에 모여 형제자매들과 수다를 떠는 게 좋았다. 가족들은 데이비드에게 대도시에서의 삶은 어떠냐고 물었고, 데이비드는 미국의 추상표현주의가 무엇인지 설명해주었다. 젊은 현대 예술가들의 전시와 평론가들이 그들을 위해 '팝아트'라는 신조어를 만들었다는 이야기, 자신의 회화적 재능을 증명하려고 전시했던 작품 네 점을 보고 그의 잠재력을 높이 평가한 화상 이야기를 들려주었다. 하지만 『피지크 픽토리얼』에서 본 사진들과 마크, 에이드리언이 동성애자라는 건 입 밖에 낼 수 없었다. 지하철역 화장실에서 눈이 맞은 남자들, 말할 권리가 없는 현실을 회화를 통해 알리고 싶은 마음을 어떻게 말하겠는가? 큰형은 결혼한 상태였고, 막내는 약혼했다. 그 누구도 데이비드에게 주변에 좋은 여자가 있는지 묻지 않았다. 마치 예술가에게는 육체가 없다고 생각하는 것인지, 혹은 알지만 알고 싶지 않아서인지, 그런 이야기는 한 번도 입에 오르내리지 않았다.

하지만 데이비드에게는 육체가 있었다. 심장도 있었다.

어느 날 밤 학교에서 흥건한 술 파티가 벌어졌는데 피터라는 친구가 새로운 춤이라며 '차차차'라는 걸 선보였다. 데이비드는 의자에 앉아 몸을 흔들며 춤을 보고 있었다. 그때 피터가 데이비드에게 웃으며 손을 내밀어 같이 추자고 했다. 그 웃음이 데이비드의 가슴에 박혔다. 갑자기 주위가 환하게 밝아졌다. 사랑의 날벼락이었다. 벼락 맞은 게 분명했는데, 뭐에 한 대 얻어맞은 듯 멍하고 귀가 윙윙거렸기 때문이다. 데이비드는 춤을 추고 싶지 않았다. 그냥 보고만 싶었다. 데이비드는 한 번 더 춰보라고 했다. 그리고 한 번 더. 그러는 내내 피터의 우아한 몸에서 눈을 떼지 않았다. 바로 앞에서 '차차차'를 부르며 춤을 추는 피터의 허리가 좌우로 비틀렸고, 그의 관능적인 입술이 입맞춤하려는 듯 앞으로 돌출되었다. 피터는 매릴린 먼로보다 섹시했다. 데이비드가 좋아하는 클리프 리처드의 노래 「리빙 돌Living Doll」의 살아 있는 인형보다 육감적이었다. 인형 같은 피터. 데이비드는 피터에게 입을 맞출 수 있다면 자신의 왕국이라도 내줄 수 있었지만 입을 맞춰도 되는지 묻지는 않았다. 그는 소심하고 예의 바른 청년이었으며, 특히 피터에게 여자친구가 있다는 걸 알고 있었기 때문이다. 자신을 위해 춤추는 피터의 모습, 그의 부드러운 허리와 내민 입술이 몇 달 동안 데이비드를 밤낮으로 괴롭혔다. 그는 자신 안에 불타오르는 욕망을, 피터를 갈구하는 욕망과 그의 몸을 탐하는 욕망을, 양립할 수 없는 섹스와 사랑으로 이분된 욕망을 화폭에 옮기고 싶었다. 두 사람은 데이비드가 이젤 앞에 섰을 때 다시 만났다. 〈1961년 3월 24일 새벽의 차차차〉를 그릴 때 데이비드는 살아 있음을 느꼈고 차오르는 욕정을 느꼈다. 그는 강렬한 빨강, 파랑, 노랑을 배경에 칠하고 그 위에 요동치는 피터의 몸을 그렸다. 그리고 아주 작은 글씨로 여기저기에 '나는 움직임 하나하나를 사랑해', '깊이 삽입하다', '즉시 해결하다' 같은 글을 적었다. 그건 그림이 아니었다. 삶이었다.

가을에 얼마나 많은 그림을 그렸던지 겨울이 오자 여름 내내 노래만 불렀던 매미처럼 캔버스와 물감 살 돈이 한 푼도 없었다. 다행히 그래픽디자인과에서 학생들에게 재료를 무상으로 제공했다. 데이비드에게는 선택의 여지가 없었다. 하지만 조각이든 회화든 데이비드는 관심 있는 작업만 했다. 휘트먼이나 카바피스에게 받은 영감으로 자신의 관점을 조각했다. 4월이 되었을 때 한 친구가 쓸 일이 없다며 뉴욕행 비행기 표를 사십 파운드에 사지 않겠느냐고 제안했다. 뉴욕까지 사십 파운드? 거절할 수 없는 제안이었다. 데이비드는 어떻게든 돈을 마련해야겠다고 생각했다. 일을 해서 돈을 갚을 거였다.

4월의 비가 내리던 그날, 얼스 코트의 집 정원 한구석을 차지하던 오두막을 나서는 데이비드의 주머니에는 십 실링밖에 없었다. 비가 억수같이 쏟아지던 날이었다. 길 건너편에 택시 한 대가 있었다. 학교까지 가려면 오 실링을 내야 했다. 전 재산의 반이었다. 멀지 않은 역까지 가서 지하철을 타면 몇 펜스밖에 안 들겠지만 역에서 내려 학교까지 가려면 십 분 정도 걸어야 한다. 데이비드는 문득 런던 사람들이 아무렇지도 않게 하는 일을 해보고 싶었다. 길을 건너 택시 문을 열고 뽀송뽀송한 차 안으로 들어가 푹신한 의자에 앉는다. 그리고 자연스럽게 권위가 묻어나는 목소리로 "왕립미술대학이요"라고 말하는 것이다. 데이비드는 마음이 시키는 대로 했다.

학교에 도착하니 편지 한 통이 와 있었다. 봉투를 뜯어보니 두 번 접은 종이가 들어 있었다. 종이를 꺼내자 그 속에서 다시 종이가 떨어졌다. 주워보니 그의 이름이 적힌 백 파운드 수표였다. 데이비드는 미간을 찌푸리고 뭔가 잘못 봤다고 생각하며 이름을 다시 읽었다. 편지에는 처음 들어보는 어스킨이라는 사람이 데이비드가 조각한 〈세 명의 왕과 한 명의 왕비〉가 수상을 했다며 축하한다고 썼다. 데이비드가 같은 제목으로 작품을 조각한 것은 사실이지만 콩쿠르에 지원한 적은 없었다. 어떻게 된 일인지 모르겠다. 기적 아니면 신의 장난이었다. 앞날은 걱정하지 말고 즉흥적으로 남아 있던 돈을 다 써버리기로 한 날 하필이면 어디선가 천사가 나타나 그에게 백 배로 보상을 해줬다. 그날 오후 데이비드는 그 천사가 조소과 교수였다는 걸 알게 되었다. 그가 데이비드의 작품을 보고는 본인에게 의사도 물어보지 않고 심사위원들에게 그냥 보냈던 것이다. 하지만 데이비드는 고개를 저었다. 이렇게 된 건 분명 그 택시 덕분이었다. 여름이 시작될 무렵 그는 그림 몇 점과 판화 몇 점을 팔 수 있었다. 그리고 7월에 드디어 뉴욕으로 날아갔다. 스물네 살 청년에게는 삼백 파운드밖에 없었다. 데이비드는 드디어 케네디 국제공항에 내렸다. 마크가 그를 마중 나왔다.

그렇게 덥고 습하고 무겁고 숨이 막히는 날씨는 처음이었다. 얼마나 땀을 흘렸던지 셔츠가 몸에 자꾸 달라붙었다. 하지만 뉴욕은 그가 꿈꾸던 도시였다. 빛나고 시끄럽고 살아 있는 도시. 새벽 세 시에도 맥주와 신문을 살 수 있는 도시. 게이바도 많았다. 채식 식당도! 미술관도 많았다. 물론 가지는 않았지만. 미술관에 가려고 온 게 아니었다. 그는 타임스퀘어, 크리스토퍼 거리, 이스트 빌리지, 영화관, 섹스숍, 클럽, 허드슨 강가의 부잔교, 그 위에 웃통을 벗고 드러누운 남자들, 찌는 여름의 가벼운 옷차림에 더 관심이 많았다. 데이비드는 마크의 집에서 지냈다. 마크의 부모님이 사는 롱아일랜드의 집이었다. 그리고 데이비드는 마크의 친구 페릴과 연인이 되었다. 페릴은 데이비드의 첫사랑이었다, 숨길 필요가 없는. 마크와 페릴은 데이비드에게 게이들의 뉴욕을 알려주었다.

어느 날 오후 마크의 집에서 텔레비전을 보고 있는데

광고 하나가 눈에 들어왔다. 인위적인 금발 머리를 한 젊은 여자가 비행기에서 내려 한 남자의 품으로 뛰어들고, 당구를 치고, 개와 함께 달리고, 바람에 머릿결을 날리면서 환한 미소를 지었다. 그러고는 "금발 머리 여자가 더 재미있게 산다는 게 정말일까요?"라는 여자 목소리가 흘러나왔다. 곧 음악이 끊기면서 남자 목소리도 흘러나왔다. "클레롤의 금발은 삶의 방식입니다. 즐기세요." 광고의 모티브가 되었을 〈뜨거운 것이 좋아〉를 좋아했던 세 친구는 서로를 바라봤다.

   십오 분 뒤 세 사람은 기적의 염색약이 든 봉지를 들고 약국을 나섰다. 배꼽을 잡고 웃으며 사용법을 읽고 욕실에서 약을 섞은 다음 옷을 벗고 샤워기 아래에서 약을 바르고 씻어냈다. 얼마 뒤 세 명의 금발 청년이 탄생했다. 그들은 마크의 아버지가 저녁에 퇴근하고 들어와서 소파에 널브러진 세 괴물을 보고 심장마비를 일으킬 뻔했을 때는 눈물이 쏙 빠지도록 웃었다. 금발 머리가 더 재미있게 산다는 건 거짓말이 아니었다.

   거울을 들여다보던 데이비드는 눈을 의심했다. 마치 런던의 그 택시 같았다. 마법이었다. 결과를 신경 쓰지 않고 그저 즐기려고 충동적으로 행동하고도 잃은 것이 없었다. 이것이야말로 인생의 비밀이었다. 그는 『피지크 픽토리얼』의 모델처럼 금발 머리 청년으로 변신했다. 그때까지 데이비드는 (귀엽다는 말은 들어봤어도) 자신이 잘생기지도 않았고 못생기지도 않았다고 생각했다. 그런 그가 갑자기 다른 사람이 되어버렸다. 안 보려 해도 안 볼 수 없는 눈부신 금발 머리 남자가 된 것이다. 그는 새로운 머리 색이 마음에 들었다. '금발 머리가 더 잘 놀아서'가 아니라 자신을 재창조했기 때문이다. 그는 자신의 발명품이 되었다. 다시 태어난 것이다. 금발은 동성애자(그의 진정한, 가장 내적인 자아)로서의 정체성 선언이자 인위적인 장치, 가면, 거짓말이었다. 자연과 인공은 구상과 추상, 시와 그라피티, 인용과 창조, 게임과 현실이 그렇듯 서로 대척점에 있지 않았다. 조합하지 못할 것은 없었다. 삶은 그림과 마찬가지로 우리가 노는 무대였다.

특별하고 멋진 여름이었다. 데이비드는 마크의 부모님 집을 나왔다. 아들의 별난 친구들 때문에 마크의 부모님이 진저리를 치기 시작할 무렵이었다. 데이비드는 페릴이 안락한 방 두 칸짜리 아파트를 가지고 있는 브루클린에 머물렀다. 발이 푹 빠질 정도로 두꺼운 양탄자가 깔려 있고, 텔레비전과 제대로 된 욕실도 있는 아파트였다. 데이비드는 페릴처럼 젊은 청년이 이렇게 화려한 아파트에 사는 건 처음 봤다. 페릴의 생활방식은 그를 더 충격에 빠뜨렸다. 페릴의 아파트에는 사람들이 줄줄이 사탕처럼 드나들며 그의 침대에 기어들어 가거나 그와 샤워를 함께했다. 의무, 질투, 죄책감이 없는 자유로운 사랑이었다. 그저 주고받는 쾌락만 있을 뿐이었다. 그것은 데이비드가 원하는 삶이었다. 브래드퍼드여, 영원히 안녕! 이제는 런던마저 침울해 보일 지경이었다.

어스킨에게서 연락처를 건네받고 뉴욕 현대미술관의 판화 부서 담당자에게 연락을 했던 데이비드는 놀라운 소식을 접했다. 담당자가 데이비드를 알뿐더러 빨리 만나고 싶다는 것이다. 그는 데이비드를 아끼는 어스킨에게 추천의 편지를 받았던 것이다. 게다가 데이비드가 런던에서 가져온 판화를 보고 사들이기까지 했다. 데이비드는 믿기지 않았다. 뉴욕 현대미술관이 아직 대학생인 그의 작품을 사다니! 미국 사람들은 정말 관대하구나! 미국 생활은 술술 잘 풀리는구나!

빈털터리였던 데이비드에게 반가운 돈이었다. 이제는 여름에 유행하는 밝은 색상의 캐주얼한 미국식 슈트를 살 수 있었다. 미국인들처럼 해보려고 소형 트랜지스터라디오도 샀다. 처음에 데이비드는 라디오에 귀를 가까이 댄 미국인들을 보고는 아버지처럼 귀가 잘 안 들리나 보다 생각했다. 밤낮으로 음악을 듣는 거라는 페릴의 설명을 듣고서야 납득이 되었다. 새로운 사람이 된 데이비드는 9월에 런던으로 돌아갔다. 흰 슈트의 금발 머리 사나이가 되어. 미국을 떠나면서 몇 가지 아이디어도 챙겼다. 학교 아틀리에에서 넓은 공간을 확보하려면 미국 추상화가들처럼 스케일이 큰 그림을 그려야 했다. 추상화뿐 아니라 구상화도 그릴 생각이었다. 메트로폴리탄 미술관의 고대 이집트 전시와 뒤뷔페, 카바피스의 시 「야만인들을 기다리며」의 영향을 받은 데이비드는 〈이집트 스타일로 그린 고관들의 대행렬〉이라는 제목으로 세 명의 남자가 걸어가는 모습을 그렸다. 이 그림에 그는 직접 제목을 써서 그가 진지하지 않고 모든 것을 놀이로 생각한다는 점을 분명히 했다. 긴 제목에는 또 다른 이점이 있었다. 학교 전시회 도록에서 제목이 긴 그의 그림이 주목을 받을 것이다. 아버지처럼 꾀가 많았던 데이비드는 성공이 제 발로 걸어 들어오지 않으리라는 사실을 깨달았다. 그는 영국에서 무시당할 취향을 뉴욕에서 경험하고 감탄했다. 미국인들은 자신을 팔 줄 알았고 가식적인 부끄러움이나 양심의 가책을 느끼지 않았다. 평론가들의 관심을 끌었다면 그 관심을 유지해야 한다. 흰 슈트의 금발 머리 청년은 자신의 일탈적인 성 정체성을 숨기지 않았다. 이것이 요크셔 서부의 브래드퍼드 출신 화가가 평론가들을 충격에 빠트린 지점이었다!

데이비드는 작업을 즐겼다. 〈양치질, 이른 저녁, 오후 10시〉라는 제목의 작품에서는 서로 반대 방향으로 누운 두 남자의 페니스를 콜게이트 치약으로 바꿔 그렸다(미국인들은 구강 위생을 무척 중요하게 생각한다). 그야말로 외설적이면서도 재미있는 그림이었다. 그는 판화과에서 18세기 화가 윌리엄 호가스의 판화 연작 「난봉꾼의 행각」을 새롭게 해석했다. 이 작업은 대도시에 가게 된 젊은이가 유혹에 빠져 타락하는 과정을 표현한 작품이다. 고전 작품을 차용해 뉴욕에서 겪었던 자신의 모험을 재미있게 들려줄 수 있었다. 비행기를 타고 뉴욕에 내렸던 일, 뉴욕 현대미술관 관장에게 판화를 팔았던 일, 센트럴 파크에서 민소매 차림으로 조깅하는 근육질의 미국인을 왜소한 몸으로 바라보던 일, 게이바에서 만난 남자들, 천국의 문을 열어준 클레롤 금발 염색약, 개성을 잃어버린 듯 너도나도 트랜지스터라디오에 귀를 대고 있는 미국인들…. 작품의 완벽한 선은 나이 지긋한 교수들의 찬사를 자아냈다.

모든 게 그에게 미소 지었다. 그는 학교 행정부서에 가서 마흔 살이 넘은 못생기고 뚱뚱한 여자들을 모델로 쓰고 싶지 않다고 항의까지 했다. 마네, 드가, 르누아르도 모델에게 영감을 받지 않았다면 마네, 드가, 르누아르가 될 수 없었을 것이다. 데이비드는 남자 모델을 원했고, 그가 하도 고집을 부리자 학교도 어쩔 수 없이 양보했다. 그런데 남자의 나체를 그리려는 학생이 아무도 없자 데이비드는 학교 돈으로 자신만 이용할 남자 모델을 고용했다. 모델은 맨체스터 출신의 성격 좋은 청년 모였다. 모는 친구인 오시와 셀리아를 소개했고, 데이비드는 의상디자인을 전공하는 그들과 금세 친해졌다. 그는 특히 오시와 사귀었는데, 오시는 데이비드보다 더 엉뚱했고 셀리아와도 잠자리를 했다. 그러니까 양성애자였다. 데이비드는 오시를 통해 양성애를 알게 되었다. 그는 뉴욕에서 맛보았던 자유를 런던에서 누리기 시작했다. 에이드리언과 마크의 이야기를 듣고 꿈꾸었던 보헤미안의 삶이 바로 이런 것이었다. 다르다고 해서 자기 자신이 되는 걸 두려워하면 안 되었다. 관용은 사회적 규범과 도덕적 비판 때문에 아무 이유 없이 숨어야 했던 사람들이 갖추어야 할 덕목이었다.

데이비드는 아직 학교를 졸업하지 않았는데도 졸업 일 년 전에 그의 작업을 좋아하던 젊은 화상에게서 계약하자는 제안을 받았다. 자신에게 독점권을 주는 대가로 일 년에 육백 파운드를 지불하겠다는 것이다. 또 그림이 팔리면 돈을 더 주겠다고도 했다. 데이비드는 이게 웬 횡재인가 싶었다. 카스민 갤러리의 화가들은 모두 추상화를 그렸고 이미 이름을 날리고 있었다. 데이비드는 가장 어린 데다 유일하게 구상화를 그리는 화가였다. 행운이 찾아온 건 아마 금발 머리와 흰 슈트 때문일 것이다. 그해 여름, 데이비드는 학교에서 우편물 배달을 더는 할 필요가 없었다. 그는 뉴욕에서 만난 유대계 미국인 제프와 이탈리아로 떠났다. 가을에는 오두막을 나와 노팅힐에 있는 건물 일층에 싼 가격으로 방 두 칸짜리 집을 얻을 수 있었다. 마이클과 앤이 사는 곳과 아주 가까웠다. 오시와 셀리아도 머지않아 같은 동네로 이사 왔다. 집은 더웠지만 (앞집은 나이트클럽이자 매음굴이어서 소음이 끊이지 않았다) 데이비드가 런던 중심에 자신만의 공간을 마련한 것은 처음이었다. 그는 그곳에서 생활도 하고 작업도 했으며 오페라도 크게 틀어놓고 들었다. 친한 친구들도 가까이 살았다. 그의 아파트는 금세 사교 생활의 중심이 되었다. 문은 항상 열려 있었고 브루클린에 있던 페릴의 집처럼 사람들이 줄줄이 사탕처럼 드나들었다.

데이비드는 야수파에 관한 그의 논문이 수준 미달로 학위를 받을 수 없게 되었다는 대학 총장의 편지를 받고 처음에는 화가 나 욕설을 퍼부었다가 이내 웃음이 터져버렸다. 마감 시간에 쫓겨 논문을 급하게 마무리한 것은 사실이었다. 아무튼 카스민 갤러리에서는 학위를 보자고 요청하지 않았다. 세상은 그렇게 돌아갔다. 한편에는 행정가들, 빠르게 판단하고 처벌하는 편협한 자들, 살아가는 게 두려운 자들이 있었고, 그 반대편에는 예술과 본능, 욕망, 자유, 삶에 대한 믿음을 가진 자들이 있었다. 데이비드는 이런 행정적 문제를 조롱하고 싶었다. 회화과 학과장은 최우수 학생인 그에게 금메달을 주고 싶었지만 학위가 없으면 불가능했다. 결국 학교는 결정을 번복했다. 데이비드는 금메달을 사양할 마음은 없었다. 사람들도 감탄하고 부모님도 행복해하니까.

단체전을 기획하던 갤러리스트가 화가들에게 영감의 원천에 대해 말해달라고 하자 데이비드는 "나는 내가 원하는 것을 원하는 장소에서 원할 때 그립니다"라고 답했다.

시 한 편, 눈에 보이는 것, 어떤 아이디어나 감정, 사람… 모든 것이 그림의 주제가 될 수 있었다. 정말 모든 것이. 그것이 바로 자유였다. 언젠가 데릭은 데이비드에게 만약 작품에 대해 진지한 평가를 받고 싶다면 광대 이미지를 던져버리라고 조언했다. 하지만 그가 틀렸다. 사람은 광대이자 진지한 화가가 동시에 될 수 있다.

데이비드는 스물여섯 살 여름에 뉴욕에 다시 갔다. 이번에는 퀸 엘리자베스호에 몸을 실었다. 「난봉꾼의 행각」의 판화를 완성하고, 지난여름 이탈리아에서 함께 여행했던 미국 친구 제프를 만날 계획이었다. 어느 날 오후, 제프가 그를 앤디 워홀의 집에 데려갔고, 그는 그곳에서 볼이 통통하고 턱수염을 기른 넉넉한 몸집의 한 남자를 만났다. 그는 바로 메트로폴리탄 미술관의 현대 미술 큐레이터였다. 데이비드는 자신이 만나본 남자 중 그가 가장 유쾌하고 활발하며 신랄하다고 생각했다. 두 사람은 다음 날 다시 만났다. 데이비드의 모든 친구가 그랬듯이 헨리도 유럽 출신의 미국인이었고, 유대인이자 동성애자였다. 헨리는 1940년에 부모님과 함께 브뤼셀에서 미국으로 향하는 마지막 배에 몸을 실었다. 데이비드는 헨리의 외모에 끌린 것은 아니었지만 그처럼 금세 친밀감을 느낀 사람은 만나보지 못했다. 두 사람의 대화는 끊기지 않았고, 한 사람이 시작한 문장을 다른 사람이 끝내며 정신없이 웃었다. 두 살 정도 차이가 났던 그들은 같은 시인, 같은 영화, 같은 화가, 같은 책을 좋아했다. 오페라도 똑같이 사랑했다. 데이비드는 대서양 너머에서 드디어 영혼의 단짝을 찾았다.

런던으로 돌아오자 판화 판매 사업을 하던 청년이 데이비드에게 제안을 해왔다. 「난봉꾼의 행각」 연작의 판화 열여섯 점을 오십 세트 제작해서 세트당 백 파운드, 총 오천 파운드에 판매하자는 것이다. 오천 파운드는 데이비드도 그렇지만 그가 아는 그 어떤 화가도 만져보지 못한 금액이었다. 한 세트를 제작하는 데 드는 비용은 고작 이삼 파운드 정도였다. 그런데 백 파운드나 주고 작품을 살 사람이 있을까? 미친 짓이었다. 물론 데이비드가 판매 금액을 모두 갖는 것은 아니었다. 판매자와 카스민 갤러리가 일정 금액을 가져간다. 하지만 구체적인 숫자가 거론되었고 그중 일부가 그의 차지가 될 거였다. 그렇다면 노팅힐 아파트에 샤워실을 설치해서 친구들과 오래 샤워를 즐길 수 있었다. 그런데 이것은 시작에 불과했다. 런던의 갤러리 두 곳에서 데이비드의 작품을 전시할 예정이었고, 『선데이 타임스』는 그에게 이집트 여행 스케치를 제작해달라고 의뢰했다. 비용은 물론 신문사에서 대는 조건이었다. 판화 판매로 번 돈은 그의 소원을 이뤄줄 것이다. 그는 1월에 로스앤젤레스에 가고 싶었다.

그때 데이비드는 브래드퍼드 미술학교 교장 선생님이 그에게 던졌던 질문이 퍼뜩 떠올랐다. "자네 불로소득자라도 되나?" 교장 선생님 앞에서 두려움과 설렘으로 벌벌 떨던 열다섯 소년의 모습과 어두운 영화관에서 그의 손을 잡고 자위를 하던 낯선 남자의 모습이 겹쳤다. 그 이후로 데이비드는 많은 길을 걸어온 것이다.

상사병의 유효기간은 삼 년

그는 막 샤이엔의 출구 표지판을 지나쳐 라스베이거스로 가고 있다. 나흘 동안 모텔에서는 잠만 자고 나와 쉬지 않고 달린 덕에 여행의 마지막 구간에 접어들었다. 피곤했지만 컨버터블 스핏파이어를 타고 서부를 향해 달린 긴 시간이 즐거웠다. 데이비드는 광활한 대지를 횡단하는 동안 음악을 들으며 머리를 비우거나 생각에 잠기곤 했다. 해가 지면 하늘은 네온사인만큼 강렬한 주황과 분홍으로 물들었다. 노을은 거대한 장막 같았다. 트럭 몇 대밖에 마주치지 않았던 텅 빈 도로에서도 주행 속도가 90킬로미터로 제한되어 있었다. 보랏빛 산, 분홍빛 하늘, 거대한 허공을 관찰하는 데 이상적인 속도이긴 했지만.

이번이 세 번째 교수직이다. 이 년 전처럼 겁나지는 않았다. 1964년 6월 말, 데이비드는 아이오와로 가던 길에 안경원에 들러 두껍고 검은 뿔테 안경을 샀다. 그 안경을 쓰면 나이도 더 들어 보이고 어딘지 교수처럼 보일까 싶어서였다. 아이오와에서의 첫 경험은 그야말로 악몽 같았다. 아이오와 '시티'는 순전히 사기였다. 이틀 동안 차를 몰고 도착한 곳은 옥수수밭 천지였다. 도시는 없었다. 육 주 동안 그는 일생 최대의 지루함을 느꼈다. 8월 중순에 런던에서 온다는 오시를 메시아처럼 기다렸다. 두 친구는 뉴올리언스로 날아가 국립공원을 둘러보고 다시 샌프란시스코로 올라갔다. 데이비드는 샌프란시스코에 있는 엠바카데로의 YMCA에 대한 기억을 떨칠 수 없었다. 한밤중에 공동욕실에서 샤워만 해도 객실에 있던 청년들이 그림자처럼 나타났다. 멋진 몸을 가진 그림자들은 순간의 욕정을 해소할 수 있게 해줬다. 아이오와 시티에는 그런 천국이 없었다. 1965년 여름에 대생 수업을 했던 콜로라도의 볼더도 마찬가지였다. 환경은 더 좋았지만. 아무튼 산세가 아름다웠고 무척 잘생긴 학생과 연애도 했다. 하지만 풍경이 아름다우면 뭐 하겠는가. 대학에서는 그에게 창문 하나 없는 아틀리에를 내주었다. 결국 데이비드는 로키산맥을 상상해서 그릴 수밖에 없었고, 미국 중서부는 그에게 맞지 않는다는 걸 알게 되었다.

라스베이거스는 월요일에 수업을 시작했던 UCLA와는 다를 것이다. 데이비드는 앞으로 만날 학생들을 상상했다. 『피지크 픽토리얼』의 모델을 닮아 금발 머리에 구릿빛 피부를 뽐내는 근육질의 서퍼겠지? 학생들은 회화 심화반 교수가 젊고 매력적이어서 놀랄 것이다. 데이비드는 미국 대학생들이 교수에 대해 갖는 진심 어린 존경을 만끽할 생각이었다. 게다가 학생들은 그의 영국 억양에 사족을 못 썼다. 영국에서는 지방 출신에 노동자 계층이라는 걸 숨길 수 없었던 억양이 미국에서는 그의 매력을 더해주는 장점이 되었다.

데이비드는 「마술피리」를 들으며 목청껏 노래를 불렀다. 태양이 지평선 너머로 기울고 있었다. 런던에서 여섯 달을 보내고 나니 천사의 도시가 사무치게 그리웠다. 그곳은 제2의 고향이 되었다.

그는 이 년 전인 1964년 1월 로스앤젤레스에 도착했던 순진한 청년이 아니었다. 도착한 지 이틀째 되던 날, 그는 자전거를 타고 도시를 정복할 수 있다고 믿었다. 첫날 모텔에서 걸어서 두 시간 만에 주유소에 도착했기 때문이다. 계곡이 많은 요크셔를 자전거로 누비던 영국 청년에게 그 정도의 거리는 문제가 되지 않았다. 지도로 보니 모텔에서 산타 모니카 해변을 따라 난 직선 대로가 LA 다운타운의 퍼싱 광장까지 이어졌다. 퍼싱 광장은 존 레치John Rechy의 섹시한 소설 「밤의 도시」의 배경이다. 데이비드는 이 소설을 읽고 수많은 환상을 키웠다. 아침에 자전거를 사서 씩씩하게 안장에 올라탔지만 대로가 가도 가도 끝이 보이지 않자 조금 당황했다. 밤 아홉 시가 되어서야 대로 끝에 도착한 데이비드 앞에는 텅 빈 광장이 나타났다. 레치의 소설에 등장하던 선원과 매춘부 들은 도대체 어디에 있는 걸까? 데이비드는 빈 술집에서 맥주 한 잔을 들이켜고 반대 방향으로 30킬로미터를 다시 달렸다. 이번에는 장딴지에 근육 피로가 분명히 느껴졌다. 이튿날 모텔 종업원이 놀라며 말했다. "LA 다운타운? 거길 누가 갑니까? 밤에 얼마나 위험한데요!" 그제야 데이비드는 뉴욕을 떠나올 때 사람들이 했던 말을 이해했다. "운전 못 해? 그럼 로스앤젤레스에서는 아무것도 못 해. 차라리 샌프란시스코로 가."

그다음 이틀 동안 벌어진 일은 그의 인생에서 전설로 남았다. 뉴욕 갤러리스트가 소개해준 조각가가 로스앤젤레스에서 유일한 지인이었는데, 이 지인이 아침에 데려다준 면허 시험장에서 데이비드는 마치 다섯 살 어린아이한테나 할 법한 질문이 적힌 시험지에 답을 쓰고 나왔다. 필기시험에 합격한 그에게 직원은 "오후에 실기시험 보러 오세요" 말했다. 데이비드는 한 번도 운전대를 잡아본 적이 없었다. 결국 조각가가 자동 변속기가 있는 픽업트럭으로 몇 시간 운전 연습을 시켜주었다. 운전은 어렵지 않았다. 실수를 몇 번 했지만 그날 오후에 곧바로 면허를 딸 수 있었다. 다음 날 아침이 되자마자 그는 중고로 포드 팔콘을 샀다. 모든 게 이틀 만에, 로스앤젤레스에 도착한 지 나흘 만에 일어난 일이다. 믿기지 않았지만 그것이 바로 그가 상상했던 로스앤젤레스였다. 그는 새 차를 타고 큰 도시를 누비다가 조반니 바티스타 피라네시의 그림 속 폐허처럼 공중으로 솟은 고속도로를 보았다. 그는 속으로 외쳤다. '로스앤젤레스도 로스앤젤레스만의 피라네시가 필요해. 바로 나!' 일주일 뒤 그는 베니스에 아틀리에를 겸할 스튜디오를 빌렸다. 곧바로 아크릴화를 작업하기 시작했다. 아크릴 물감은 유화 물감보다 훨씬 품질도 좋고 빨리 마른다. 그는 스튜디오와 같은 거리에 있는 갤러리의 전시회 개막 행사에 가서 지역 화가들을 만났다. 그러다가 스탠퍼드대학을 나온 청년 닉 와일더를 만났는데, 닉은 데이비드의 첫 캘리포니아 갤러리스트가 된다. 또 크리스토퍼 이셔우드라는 영국인 소설가도 만났다. 게이였던 그의 작품을 데이비드는 재미있게 읽었다. 데이비드는 남자들을 만날 수 있는 술집도 드나들었다.

현실은 상상으로 만들어진 기대에 부응하는 법이 거의 없었다. 1963년 『선데이 타임스』에서 제공한 이집트 여행 중에 알렉산드리아에 갔던 데이비드는 카바피스의 시를 읽으며 상상했던 보헤미안적이고 국제적인 멋진 도시가 아니라 지루한 시골 촌동네를 만났다. 반면 로스앤젤레스는 그가 꿈꿨던 모습 그대로였다. 그는 미국의 혈기와 지중해의 온정이 합쳐진 거대도시 로스앤젤레스와 단숨에 사랑에 빠졌다. 팔차선 도로, 거대한 공간, 눈부신 빛, 푸른 바다, 넓은 해안, 화려한 색을 자랑하는 나무와 꽃, 납작한 지붕이 특이한 흰 빌라, 유리로 만든 건물, 기하학적 선, 부자연스러운 스타일을 한 연예인의 저택, 현대성과 자연의 조화…. 이 모든 것이 그를 황홀하게 만들었다. 그리고 모든 게 쉽게 이루어질 수 있다는 점도 좋았다. 그곳에는 계층도, 편견도, 전통도, 복잡함도, 엘리트주의도 없었다. 모두가 평등하고 자유로웠다. 새벽 두 시(다음 날 출근하고 싶다면 완벽한 귀가 시간)까지는 어디든 출입이 가능했다. 죄의식 없이 즐기는 쾌락, 파란 하늘, 따뜻한 온기, 그리고 바다. 햇빛 아래 반짝이는 수영장. 데이비드는 처음 비행기를 타고 착륙할 때 육지 이곳저곳을 수놓은 파란 동그란 점들을 내려다보았다. 미국에서 수영장은 부의 상징이었다. 몸을 식히기 위한 장치이기도 했지만 마음에 드는 사람을 유혹할 수 있는 이상적인 장치였다.

데이비드는 이 년 반 동안 미국과 영국을 오가며 살았다. 구세계와 신세계를 오가는 이중생활이 마음에 들었다. 로스앤젤레스에서 일 년을 보낸 그는 런던으로 돌아와 전시회를 준비했다. 그리고 1965년 여름을 볼더에서, 그해 가을을 로스앤젤레스에서 보냈다. 겨울과 이듬해 봄은 런던에서 지냈고 (카바피스의 시를 새로 해석한 판화 연작을 위해 영감을 얻으려고 베이루트에 잠시 머물렀다) 로스앤젤레스로 다시 날아가서 여름과 아마도 기분이 내키면 가을을 보낼 예정이었다. 한쪽에 런던과 브래드퍼드(가족과 가장 오래된 친구들, 첫 갤러리스트)가 있다면 다른 한쪽에는 로스앤젤레스(쉬운 섹스, 마약, 부유한 수집가들)가 있었다. 그리고 헨리를 만나고 전시회를 보러 시간이 될 때마다 뉴욕을 찾았다.

삼 년 동안 데이비드는 딱 한 번 실수를 저질렀다. 지난 12월, 런던으로 돌아가기 직전에 베니스의 한 술집에서 밥을 만났다. 그와 함께 며칠을 보낸 데이비드는 그와 떨어질 수 없을 것 같았다. "나랑 같이 갈래?" 밥은 로스앤젤레스 밖으로 나가본 적이 없었다. 결국 그의 여권을 만드느라 출발을 연기해야 했다. 두 사람은 자동차를 타고 미국을 횡단했다. 같이 갔던 데이비드의 영국 친구는 계속해서 그에게 미쳤다고 말했다. 밥은 뉴욕을 좋아하지 않았다. 어둡고 시끄럽고 더러웠다. 뉴욕은 구렸다. "유럽은 달라. 너도 알게 될 거야." 데이비드가 달랬지만 밥은 여행을 좋아하지 않았다. 데이비드가 퀸 메리호의 일등석 표도 사주고 워털루역에서 친구들의 열렬한 환영도 받게 해줬지만 밥은 늘 시큰둥했다. 런던도 마음에 들지 않았다. 모든 게 오래됐다. 그건 중대한 결함을 나타내는 형용사였다. 밥은 마약과 섹스만 원했다. 어느 날 저녁 링고 스타가 사는 집 근처 술집에 갔다가 링고 스타가 유명한 스타라고 말해줬지만 밥은 무반응이었다. "비틀스는 런던에 살잖아." 런던에 사니까 길모퉁이에서 비틀스를 만나는 게 지극히 당연한 일인 듯이 말이다. 차라리 여왕을 만날 수 있다고 하지? 데이비드는 이보다 바보 같은 남자를 만날 수는 없을 거라고 인정하지 않을 수 없었다. 밥은 정말 잘생겼지만 일주일이 지나자 공주 같은 밥을 더는 견딜 수 없었다. 그는 밥을 첫 비행기에 태워 로스앤젤레스로 보내버리고 다시는 이런 실수를 되풀이하지 않겠다고 다짐했다. 그가 사랑이라고 믿었던 것은 욕정에 지나지 않았다.

데이비드는 벌써 캘리포니아주에 들어서서 로스앤젤레스로 내려가고 있었다. 어둠이 내렸다. 오늘 밤늦게 도착하겠지만 문을 열어주고 바닥에 매트리스를 깔아줄 누군가가 분명 있을 것이다. 베니스의 스튜디오를 나온 데이비드는 친구 닉의 집에서 여름을 보낼 생각이다. 닉은 작은 임대 아파트에 살면서 현실 감각이라고는 없어서 가구도 들여놓지 않았지만 마음이 아주 넉넉한 친구다. 데이비드는 내일 아침 일어나자마자 아파트 수영장에 뛰어들기로 마음먹었다.

월요일 아침, 데이비드는 여행 내내 가졌던 즐거운 상상에 젖어 강의실에 들어갔다. 앗, 구릿빛 피부에 금발 머리인 서퍼들은 다 어디 갔을까? 강의실은 삼십대, 심하게는 사십대는 되어 보이는 학생들로 붐볐다. 아이들이 보금자리를 떠나자 지루함을 견디지 못한 부잣집 마나님들, 『피지크 픽토리얼』의 모델과는 머리카락 한 올도 닮지 않은 미래의 미술 선생님들만 있었다. 학생들은 데이비드를 호기심 어린 눈으로 바라봤다. 크고 검은 안경테, 백금발 머리, 토마토처럼 빨간 슈트, 독특한 양말, 그린과 화이트 도트 무늬가 있는 넥타이에 모자까지 써서 구색을 갖춘 그는 다른 교수들과는 확연히 달랐다. 데이비드는 앞으로 보낼 몇 달을 생각하고 큰 한숨을 쉬었다.

그가 학생들 앞에 서서 자기소개를 하고 있는데 갑자기 강의실 문이 열리더니 한 청년이 들어왔다. 청년은 주저하며 물었다.

"죄송합니다. 여기가 A200 강의인가요?"

"회화 심화반이네."

강의 번호를 몰랐던 데이비드가 대답했다.

"아, 죄송합니다. 잘못 찾아왔네요."

데이비드는 재빨리 청년과 문 사이에 섰다.

"한번 들어보는 게 어때요? 그리 어렵지 않은데."

학생은 그를 수줍게 바라보았다. 아주 어린 학생이었다. 거의 청소년이었다. 갈색 눈에 긴 속눈썹, 곱슬곱슬한 갈색 머리, 고운 피부, 육감적인 입술, 코에 난 주근깨가 눈길을 사로잡았다.

"나는 영국에서 왔어요. 겪어보면 알겠지만 실력이 뛰어난 선생이죠. 런던 왕립미술대학에서 금메달을 받고 졸업했어요."

데이비드는 자조적인 웃음을 띠고 말했다.

자신을 팔아먹는 방식이 너무 적나라했지만 메달이라고 하면 미국인이 금세 매료된다는 걸 데이비드는 알고 있었다. 그는 학생이 머물기를 바랐다.

"여기 우연히 들어왔으니 어디 한번 그 우연을 믿어보세요."

이 말에 청년의 마음이 굳어진 듯 보였다. 한 시간 뒤 데이비드는 그 학생이 그린 그림을 보고 기뻐 몸을 떨었다. 그는 완벽한 외모의 소유자였을 뿐만 아니라 재능도 있었다.

"재능이 있군요. 계속 들어도 문제없겠어요."

"회화 심화반에 등록할 만큼 학점을 이수하지 못했는데요."

청년은 조그만 소리로 말했다.

"걱정 말아요. 내가 해결하죠."

그와 청년 사이를 행정적인 걸림돌이 가로막을 수는 없었다.

학생의 이름은 피터였다. 왕립미술대학 시절 데이비드의 플라토닉 러브 상대였던 친구 이름과 같았다. 물론 피터는 흔한 이름이었지만 그래도 이건 운명의 신호(복수)였다.

피터는 다음 수업에 다시 나타났다. 등록을 마친 것이다. 오전이 다 갈 무렵 그는 데이비드의 의도를 짐작한 듯 서두르는 법 없이 가방을 챙겼다. 데이비드는 마지막 학생이 나가지도 않았는데 피터에게 물었다.

"커피 한 잔?"

강의가 끝나고 둘이 함께 점심을 먹는 일은 곧 자연스러워졌다. 여름에는 수업이 매일 있었다. 그들은 산타 모니카 해변에서 함께 산책을 즐기거나 해가 질 무렵 닉의 집 수영장에서 수영을 했다. 닉의 집에서 피자나 치킨으로 저녁을 먹었고 현대 미술에 관한 지적이고 열띤 토론을 벌였다. 기가 죽은 피터는 듣기만 했다. 그는 부모님, 그리고 형제 두 명과 함께 살고 있는 밸리에서 매일 버스를 타고 왔다. 그는 열여덟 살이었고 결속력 있는 유내인 가정에서 자랐으며 부유한 교외 지역 출신이었다. 아버지는 생명보험 판매원이었고, 어머니는 전업주부였다. 피터는 산타크루즈에 있는 캘리포니아대학에 등록했지만 후회했다. 그곳에는 미술 강의가 없었기 때문이다. 그래서 방학 동안 UCLA에서 강의를 듣는다.

그해 여름 두 사람 사이에서 발전한 감정은 단순한 우정 이상의 것이었다. 그것은 절대적인 신뢰, 스물아홉 살 청년이 열여덟 살 청년에게 보여준 거의 아버지 같은 애정, 어린 청년이 나이 많은 청년에게 품은 존경심, 서로에 대한 걱정, 시도 때도 없이 만나고 싶은 마음, 시간 가는 줄 모르고 서로에게 열중한 뒤 이별할 때 몰려드는 슬픔, 서로의 몸이 스칠 때 느껴지는 점점 더 거부할 수 없는 욕망이었다. 여름이 다 가고 있었다. 피터는 2학년 등록을 위해 산타크루즈로 돌아가야 했다. 산타크루즈는 로스앤젤레스에서 차로 여섯 시간 거리에 있다. 그것도 차가 많이 밀리지 않을 때 얘기다. 버스로 가면 여덟 시간이 걸린다. 두 사람은 어떻게 해야 할까? 그들은 이 문제에 대해 한 번도 의논하지 않았다.

노동절 주말에 피터의 부모가 아이들을 데리고 산타페로 떠났고 피터는 혼자 집에 있어도 된다는 허락을 받았다. 그는 데이비드를 초대했다. 피터가 사는 집과 그의 방에 걸린 포스터, 그림, 어릴 적 사진을 본 데이비드는 벅차올랐다. 어릴 적 피터는 머리가 더 금발이었고 얼굴에는 빛이 났다. 두 사람은 온종일 수영장에서 지냈다. 데이비드는 수영복을 입고 긴 의자에 엎드려 누운 피터의 뒷모습을 그렸다. 누가 먼저 다가갔을까? 피터는 다가오는 이별에 무너지는 마음을 표현했다. 데이비드가 가까이 앉아 햇볕으로 따뜻해진 피터의 어깨에 손을 얹고 그에게 키스했다. "사랑해요"라고 먼저 말한 게 피터였나? 피터는 숫총각이었다. 브래드퍼드 시절의 데이비드보다 아는 게 더 없는 얌전한 청년이었다. 데이비드는 그의 숫총각 딱지를 떼주었다. 데이비드도 자신이 숫총각이었으면 하고 바랐다. 그의 온몸이 욕정에 떨렸다. 사랑의 행위는 두 사람 모두에게 온전히 자신을 바치는 행위였다. 모든 것이 부드럽고 고맙고 즐겁게 치러졌다.

피터는 떠났다. 데이비드는 매주 만나러 가겠다고 약속했다. 도로에서 보내는 여섯 시간쯤은 연인을 만나러 간다면 아무것도 아니었다. 데이비드는 산타크루즈에서 드림 인이라는 곳에 방을 빌렸다. 이름만큼 꿈같은 숙소였다. 두 사람은 주말 내내 방을 나가지 않았다. 잠을 자거나 사랑을 나누지 않을 때면 데이비드는 피터를 모델로 그림을 그렸다. 아직 어린 티를 벗지 못했지만 근육이 잘 발달한 둥근 어깨, 수영 선수처럼 떡 벌어진 어깨, 여자처럼 가는 허리, 주근깨가 가득한 코, 윗입술이 도드라져 참을 수 없이 육감적인 입, 아침저녁으로 콜게이트 치약으로 닦은 가지런한 미국인의 이, 이마를 가리는 앞머리, 데이비드가 항상 냄새를 맡는 붉은색에 가까운 겨드랑이털, 성기, 보드랍고 단단하며 하얀 엉덩이…. 헤어져야 하는 일요일 저녁에는 매번 가슴이 찢어졌다. 피터는 산타크루즈에서 특별히 할 일이 없었다. 그렇다면 로스앤젤레스에서 공부를 계속하면 어떨까? 행정적인 문제가 있었지만 예술대학 학장과 친분이 있는 회화 교수와 친구가 된 데이비드는 문제를 해결하기 위해 나섰다. 다음 학기에 UCLA로 전학 갈 수 있게 되었다는 소식을 들은 날 피터는 호텔 방에서 좋아 어쩔 줄 모르며 껑충껑충 뛰었다.

데이비드는 플라톤의 「대화편」에서 읽었던 아리스토파네스의 사랑의 정의를 떠올렸다. 그는 자신의 반쪽을 찾은 것만 같았다. 두 사람의 몸과 영혼은 완벽하게 들어맞았다. 피터는 똑똑하고 감성적이고 예민한 사람이었다. 유머 감각도 있었고 생겨도 너무 잘생겼다. 그리고 그는 데이비드를 사랑했다. 데이비드의 정신을, 그의 익살스러움을, 세련되게 들리는 그의 억양을, 그의 친절함을, 그가 그림을 그리고 색을 칠하는 방식을, 그의 에너지를, 그의 얼굴을, 그의 웃음을, 영국 농부처럼 단단한 그의 몸을, 그의 근육질 팔을, 그의 손을.

데이비드는 처음으로 자신을 사랑해주는 남자와 열정적인 사랑에 빠졌다. 처음으로 추상적인 아이디어나 책에서 본 것이 아니라 진짜 삶을 화폭에 담았다. 그는 수영장에 있는 닉, 닉의 수영장에서 나오는 피터를 그렸다. 물을 그렸다. 물의 움직임, 물의 투명함, 곡선으로 단순화해서 표현한 물의 반짝거림, 다이빙해서 몸이 수면 아래로 사라질 때 유일하게 남는 몸의 흔적인 흩날리는 물방울을 그렸다. 오르가슴처럼 한순간밖에 지속되지 않는 순수

한 움직임을 어떻게 표현할까? 데이비드는 가는 붓을 들고 이 주 내내 엄청난 집중력을 발휘해서 물이 튀는 모습을 나타내는 미세한 선들을 완성했다. 이 초 동안 일어난 일을 이 주 동안 그린 것이다.

데이비드는 피터와 함께 크리스마스를 보내러 런던으로 향했다. 일 년 전의 나쁜 기억이 떠올라 약간 겁도 났지만 피터는 밥과 닮은 점이 하나도 없었다. 피터는 런던을 아주 좋아했다. 오래된 것은 뭐든지 사랑했다. 데이비드가 살던 포위스 테라스에서 멀지 않은 포트벨로 거리에서 골동품을 사며 즐거워했다. 데이비드의 친구들은 그를 매력적이라고 했다. '데이비드와 피터'. 두 사람의 이름은 점점 더 자주 묶여 언급되었다. 두 사람은 커플이 되었다.

로스앤젤레스에 돌아온 데이비드와 피터는 닉의 아파트에서 사적인 시간을 가질 수 없자 피코 대로로 이사를 나왔다. 그곳에는 데이비드가 지난가을에 얻은 아틀리에가 있었다. 피터는 부모에게 UCLA의 학생들과 함께 지낼 거라고 말해두었다. 아버지가 사실을 알게 된 날 집안의 험악한 분위기와 어머니의 비명과 눈물을 피터는 데이비드에게 고스란히 전했다. 데이비드는 허탈하게 웃었지만 부모를 이해했다. 부모는 피터에게 정신과에 가보라고 했고, 피터는 부모를 존중하는 마음에서 그러겠다고 대답했다. 하지만 피터는 상담이 그를 '정상'으로 되돌려놓으리라고는 생각하지 않았다. 둘만의 집에서 마침내 함께 산다는 행복이 너무 강해서 가족 문제도 불편한 환경도 피터에게는 문제가 되지 않았다. 비좁은 아파트는 로스앤젤레스의 빈민가 중심에 있는 낡은 건물에 있었다. 가스 불을 켜면 바퀴벌레들이 휘리릭 달아났지만 그곳은 그들의 사랑을 보듬어주는 천국이었다. 피터는 낮에 학교에 있었고 데이비드는 집에 남아 그림을 그렸다. 저녁에는 같이 외출해서 영화관에 가고 길모퉁이에 있는 멕시코 식당이나 일본 식당에서 밥을 먹었다. 일본 식당에서는 데이비드가 사케를 작은 술잔에 몰래 따라주기도 했다. 닉이나 친구인 크리스토퍼와 돈의 집에서 저녁을 함께 먹기도 했다. 피터는 법적으로 술을 마실 수 있는 나이가 아니었고 데이비드도 술집에 가야 할 필요성을 더는 느끼지 않았다. 두 사람은 유일하게 냉장고를 차지하고 있는 캘리포니아산 화이트 와인을 마셨다.

어느 날 데이비드는 잡지를 훑어보다가 메이시스백화점 광고를 보게 되었다. 대각선 모양의 방이 맘에 들었다. 마치 조각 작품 같았다. 작품 아이디어가 떠올랐다. 생각지도 못한 순간에 우연히 머릿속에 구성이 떠올랐다. 현실이나 이미지에서 떠오른 영감이었다. 전경에 침대가 있고 침대 모서리에 딱 떨어지는 커버가 깔려 있다. 데이비드는 그 위에 피터를 눕히기로 했다. 티셔츠를 입고 양말만 신은 채 엎드린 피터는 팬티를 입지 않은 모습이다. 데이비드는 창문으로 쏟아지는 햇빛이 만들어내는 그림자에 주의하면서 광고 사진들을 참고해서 피터를 그리기 시작했다. 처음에는 이 작품의 제목을 〈방, 엔시노〉라고 했다가 피터의 부탁으로 옆 동네 이름으로 바꿔〈방, 타자나〉라고 지었다. 피터의 가족이 엔시노에 살고 있었고 누군가 자신을 알아볼까 봐 겁이 났기 때문이다. "네 엉덩이를 알아본다고?" 데이비드는 웃으며 물었다. 엉덩이가 캔버스의 중앙을 차지했고 피터의 얼굴을 볼 수 없었기 때문이다.

봄이 되었을 때 데이비드는 영국에서 중요한 상을 받았다.〈닉의 수영장에서 나오는 피터〉로 리버풀에 있는 워커 아트 갤러리가 전위 예술가에게 수여하는 존 무어 회화상을 받은 것이다. 허벅지가 반쯤 물에 잠긴 피터가 뒤돌아선 모습이었다. 추상화와 멀어지고 자신이 원하는 것을 하기 위해 유행에 역행했던 그의 판단이 맞아떨어진 것이다. 영국의 권위적인 평론가들이 데이비드와 피터의 사랑, 그리고 캘리포니아를 축하하기라도 한 듯했다. 데이비드는 오스트레일리아에 이민 간 형을 만나러 갈 수 있도록 상금의 절반을 부모님께 보냈다. 나머지로는 컨버터블 모리스 마이너를 중고로 샀다. 여름에 그는 피터와 왕립미술대학의 친구 패트릭을 차에 태우고 프랑스와 이탈리아를 누볐다. 피터는 조수석에 탔고 패트릭은 긴 다리를 구겨 뒷좌석에 앉았다. 굽이진 도로, 풍경, 토스카나의 언덕, 측백나무, 마을, 지중해, 미술관, 와인, 음식, 싼 골동품 등 피터는 모든 것에 열광했다. 피터는 그사이 열정적인 골동품 수집가가 되어 있었다. 피터가 열광하자 데이비드도 신이 났다.

세 사람은 로마를 구경했고 비아레조 해변에서 일주일을 보낸 다음 프랑스 남서부에 있는 카레나크라는 마을로 갔다. 그곳에 데이비드의 갤러리스트인 카스민이 도르도뉴 강가에 성을 빌려 살고 있었다. 그는 데이비드와 피터에게 골동품 가구와 멋진 침대가 있는 방을 내주었다. 패트릭은 수채화를 그렸고, 피터는 스튜어디스인 친척 아주머니가 일본에서 사다 준 고성능 카메라로 사진을 찍었으며, 데이비드는 그림을 그렸다. 이보다 더 행복할 수는 없었다. 데이비드가 중요하게 생각했던 사랑, 섹스, 우정, 훌륭한 와인, 일이 모두 있었다. 9월에 피터는 학교 때문에 로스앤젤레스로 돌아갔고 데이비드는 런던에 머물며 1월에 카스민 갤러리에서 열릴 전시회 준비를 시작했다. 그는 맨체스터가에 있는 아틀리에에서 그림을 그리는 패트릭을 그렸다. 이 대형 작품은 1월 19일 전시회 개막 행사 직전에 겨우 마칠 수 있었다. 스스로를 대단한 사람이라고 생각하지 않았던 그는 전시회 이름을 아이러니하게 지었다.「튀어 오르는 물방울, 잔디, 두 개의 방, 두 개의 얼룩, 몇 개의 쿠션, 그리고 색을 칠한 테이블」이라는 제목은 그림에 보이는 것을 그대로 나열한 것이었다. 평론가들은 그가 그린 수영장과 직선을 사용해 완벽하게 기하학적이어서 현대적인 형태, 작품에 스며든 빛을 찬양했다. 데이비드는 이제 캘리포니아를 대표하는 화가가 되었다. 성공은 물론 그를 기쁘게 했다. 하지만 피터의 부재로 느끼는 육체적 고통에 비하면 성공은 아무것도 아니었다.

데이비드는 시간이 날 때마다 뉴욕으로 날아가 연인을 만났다. 피터에게 학교에 가지 말라고 졸라서 처음으로 함께 자동차를 타고 미국을 횡단했다. 두 사람은 닷새 뒤에 로스앤젤레스에 도착했고 데이비드는 콧속 가득 태평양의 짠 바다 냄새를 들이켰다. 집에 돌아온 것이다.

데이비드와 피터는 피코 대로에 있던 비참한 스튜디오보다 훨씬 좋은 아파트로 옮겼다. 꼭대기 층에 있는 아파트는 바다를 향해 있었고 피터가 가을에 지냈던 집에서 가까웠다. 피터가 지내던 방은 데이비드가 아틀리에로 쓰기로 했다. 집에서 오 분 거리에 있는 에스파냐 양식의 예쁜 집에서 크리스토퍼와 돈이 살고 있었다. 아침에 바다 안개가 올라오는 베란다로 나가면 마치 대서양 한가운데 떠 있는 퀸 메리호 갑판에 있는 것 같았다. 데이비드는 크리스토퍼와 돈의 대형 초상화를 그려보고 싶은 생각이 들었다. 대형 초상화는 유행하던 장르가 아니었다. 분명 구식이라고 손가락질받을 것이다. 하지만 해보고 싶었다. 자유란 그런 것이니까. 고정관념에 사로잡히지 않는 것, 사람들의 기대와 자신의 습관, 자신의 사고방식을 깨는 것 말이다. 그는 왕립미술대학 친구였던 론 키타이의 훌륭한 충고를 잊지 않았다. 데이비드는 론을 자주 만났는데, 그가 버클리에서 한 학기를 보내면서 로스앤젤레스에 그를 만나러 왔기 때문이다. "너에게 소중한 걸 그려."

소설가이자 시나리오 작가인 크리스토퍼 이셔우드는 데이비드에게 소중한 사람이었다. 크리스토퍼는 데이비드가 로스앤젤레스에서 사귄 가장 친한 친구였다. 1904년에 태어난 크리스토퍼가 데이비드보다 훨씬 나이가 많았지만 말이다. 그도 데이비드처럼 영국 북부 출신이었고 (하지만 더 상류층이었다) 똑같은 이유로 캘리포니아에 정착했다. 그도 태양과 미소년들을 좋아했고 영국에 만연한 편견을 견디지 못했다. 그의 동반자인 돈은 데이비드 또래의 화가였다. 크리스토퍼가 1954년에 산타 모니카 해변에서 돈을 처음 만났을 때 돈은 열여덟 살이 채 되지 않았다. 데이비드는 두 사람의 나이 차에 놀랐고 그들의 사랑 이야기에 매료되었다. 크리스토퍼와 돈은 그가 만난 게이 커플 중 가장 오래 관계를 유지한 사람들이었다. 데이비드가 바라는 건 하나밖에 없었다. 크리스토퍼와 돈이 그렇듯이 자신도 피터와 함께 늙어가는 것이었다. 데이비드가 그린 것은 초상화가 아니라 그의 꿈이었다.

그는 몇 주를 들여 크리스토퍼와 돈의 얼굴을 그렸다. 두 사람은 데이비드의 아틀리에에서 포즈를 취했다. 데이비드가 긴장을 풀라거나 자신의 존재는 잊어버리라고 말할 때마다 크리스토퍼는 왼쪽 발을 오른쪽 무릎에 올려놓고 돈을 바라보았고, 돈은 데이비드를 바라보았다. 그렇게 포즈는 저절로 완성되었다. 돈이 런던에 잠시 머물러 떠나자 데이비드는 크리스토퍼를 매일 만나 작업을 이어갔다. 크리스토퍼는 자신의 삶, 그가 경험한 여러 개의 삶을 들려주었다. 케임브리지대학에서 중퇴한 그는 스무 살에 영국을 떠나 바이마르 공화국 시절의 베를린에서 살았다.

여기서 만난 독일인에 대한 열정에서 그의 가장 유명한 소설 「베를린에 안녕을Goodbye to Berlin」이 탄생했다. 1939년 그는 시인 오든과 미국으로 건너왔다. 이후 그는 불교 신자가 되었다가 퀘이커 교도가 되었으며 산타 모니카 해변에서 돈을 만나 캘리포니아에 정착했다.

데이비드는 크리스토퍼보다 자유로운 사람을 만나지 못했다. 그런데 돈이 런던에서 돌아오는 날을 연기하자 크리스토퍼는 괴로워하기 시작했다. 다른 남자와 만난 젊은 연인을 잃을까 봐 두려움에 떨면서도 그는 데이비드에게 이렇게 충고했다. "친구들을 너무 소유하려고 하지 마, 데이비드. 그들을 자유롭게 해줘." 데이비드는 크리스토퍼의 마음은 이해하면서도 그런 일이 자신에게도 벌어지리라고는 믿지 않았다. 피터와 그가 바라는 건 함께하는 것뿐이었다.

초상화는 사적이면서도 웅장했다. 전경에는 물건 몇 개가 놓인 낮은 테이블이 있다. 데이비드가 올려놓은 책 몇 권, 잘라놓은 사과와 바나나, 말린 옥수수 이삭이다. 사과와 바나나는 파란색이 지배적인 화폭에 유일하게 따뜻한 터치를 가져다주고, 옥수수 이삭의 상징적인 형태는 "뭔지 알지?" 하는 신호처럼 보인다. 화폭의 윗부분을 차지하는 큰 창문은 탁 트인 공간감을 준다. 데이비드는 닫힌 안쪽 덧문을 수영장, 바다, 캘리포니아의 하늘색인 터키색으로 칠했다. 왕립미술대학에 다니면서 아직 캘리포니아를 모를 때 데이비드는 달리고 있는 남자를 그린 적이 있다.

그림 상단에 파란 점을 그리고 〈파란 무언가를 향해 달리는 남자〉라고 제목을 지었다. 그 파란색은, 특히 강렬하고 선명하며 깊은 페르메이르의 파란색은, 마치 바다처럼 우리가 달려가고 싶게 만드는 색이다. 테이블, 창문, 버드나무 가지로 짠 크고 네모난 소파의 기하학적인 선은 소파에 앉은 크리스토퍼와 돈의 부드러운 형태와 대비를 이루었다. 사실 두 사람은 아주 작은 공간만 차지할 뿐이다. 이 그림은 정물화인 동시에 초상화였고, 고전적이면서도 매우 현대적인 작품이었다. 거기에는 돈을 배려하는 크리스토퍼의 마음과 그들의 깊은 관계가 잘 드러나 있다.

행복은 가능한 것이었다. 데이비드는 매일 아침 연인 옆에서 눈을 뜨면서, 그의 머리맡에서 비가 갠 뒤 퍼지는 유칼립투스 냄새를 맡으면서, 재스민 향과 태평양에서 불어오는 짠 공기를 힘껏 들이마시면서, 저녁에 피터를 다시 만나면서 그렇다고 느꼈다. 낭만주의자들이 말하던 것과 달리 행복은 창작과 양립할 수 있었다. 창작은 결핍뿐만 아니라 충만함에서도 꽃피울 수 있었다. 오 년 전 운전면허증도 없이 로스앤젤레스에 오기로 했던 결정, 뉴욕 친구들이 말도 안 된다며 말렸던 결정이 그가 살면서 내린 최고의 결정이었다.

피터는 유럽을 많이 그리워했다. 영국, 프랑스, 이탈리아에서 여름을 보내면서 그는 유럽과 사랑에 빠졌다. 자신은 잘못된 시간에 잘못된 장소에서 태어났다고 말했다. 그는 될 대로 되라는 생각에 왕립미술대학과 슬레이드 미술대학에 동시에 지원했고 데이비드에게 추천서를 부탁했다. 왕립미술대학에 떨어지자 이를 예상했던 데이비드는 (일 년에 학생을 대여섯 명 정도만 받기 때문이다) 피터를 위로했다. 그는 피터가 떨어진 게 자신의 책임이라고도 했다. 자신의 악명 때문에 추천서가 오히려 해가 되었다고 말이다. 며칠 뒤 편지 한 장이 도착했다. 슬레이드에서 온 편지였다. 피터는 기대하지 않는다는 듯 어깨를 으쓱하며 봉투를 열었다. 그런데 그의 눈이 휘둥그레졌다. 합격이었다.

연인의 바람이 처음으로 엇갈렸다. 그리고 사랑도 어찌지 못하는 굳은 의지를 서로에게서 확인했다. 데이비드는 로스앤젤레스를 떠나고 싶은 마음이 조금도 없었다. 특히 보수주의자의 나라, 엘리트주의자의 나라 영국으로 돌아가고 싶지 않았다. 영국은 평등하지도 민주적이지도 않은 나라였다. 밤 열한 시 이후에 술을 시킬 수도 없고, 술을 마시려면 엄청난 돈을 주고 클럽에 가입해야 하는 나라였다. 지구상에서 두 사람이 행복할 수 있는 곳을 찾았는데 왜 다른 곳으로 모험을 떠나야 하는가? 게다가 그 학교에서 배울 게 뭐가 있나? 피터는 데생의 기본을 익혔고 재능도 있었다. 그 이상 무엇이 필요한가? 두 사람은 긴 대화를 나눴다. 하지만 각자의 입장에서 한 걸음도 물러나지 않았다. 피터는 물론 학교가 예술가를 만드는 것은 아니지만 예술가의 길을 걸을 때 (그리고 사적인 영역에서도) 도움이 될 수 있다고 주장했다. 두 사람이 만난 것도 왕립미술대학에서 받은 금메달 때문이 아니었던가? 데이비드는 그리 자랑스러워하지 않지만 왕립미술대학 졸업장이 데뷔할 때 도움이 되지 않았나? 카스민 갤러리도 그가 왕립미술대학에 다닐 때 그를 발견하지 않았던가? 런던에서, 그것도 슬레이드처럼 명성 있는 학교에 가는 것은 유일무이한 기회였다. 데이비드는 자신이 사랑한다고 말하는 사람에게 그 기회를 빼앗을 작정인가? 삼사 년, 학교를 마칠 시간만 떠나 있자는 것이다. 불행해지면 대서양을 건너 그들의 천국을 다시 찾으면 그만이다. 제발, 데이비드, 제발! 피터는 자신의 논리를 애교와 설득으로 뒷받침했다. 결국 데이비드가 졌다.

데이비드의 근심은 괜한 것이었다. 런던에서의 생활은 캘리포니아와 다르지 않았다. 그들은 포위스 테라스의 작은 아파트에 살았다. 슬레이드까지 전철로 이십 분이면 갈 수 있는 거리였다. 데이비드는 집에서 작업을 하다가 저녁이 되면 피터가 학교나 아틀리에에서 돌아오기만을 애타게 기다렸다. 피터는 학교에서 외국인 학생에게는 개인 작업 공간을 주지 않는다는 사실을 알고 실망했다. 이를 알게 된 데이비드는 남편과 막 별거를 시작한 친구 앤의 집에 방 한 칸을 빌려 아틀리에를 마련해주었다. 앤도 화가였고 바이런이라는 낭만적인 이름을 가진 두 살배기 (피터와 데이비드가 만난 여름이 막 끝났을 때 태어났다) 귀여운 사내아이의 엄마였다. 그녀는 돈이 필요했다. 데이비드와 피터의 집에서 오 분 거리에 있는 콜빌 광장에 살

앉기 때문에 다니기도 아주 편했다. 데이비드와 왕립미술대학 동기였던 그녀의 전남편이 데이비드를 이 동네로 끌어들인 장본인이었다.

물론 런던의 하늘은 우중충했다. 하지만 문화생활은 로스앤젤레스보다 훨씬 풍요롭게 즐길 수 있었다. 데이비드의 친구들도 런던에 더 많이 살았다. 두 사람은 매일 초대를 받았다. 연극, 영화, 오페라 공연, 오시, 셀리아, 모의 패션쇼에 참석했다. 카스민 등 수많은 갤러리의 전시회 개막식에도 참석했다. 친구가 운영하는 고급 식당 오딘에서 저녁을 먹었고, 주말에는 시골에 아름다운 정원과 성을 소유한 귀족이나 예술가들을 만나러 갔다. 런던 생활에 매료된 피터는 쉴 새 없이 사진을 찍어댔고, 데이비드는 미국 청년의 눈으로 고향인 영국을 보며 영국을 사랑하는 법을 다시 배웠다. 일요일에는 어린 시절의 추억을 불러일으키는 앙증맞은 샌드위치와 케이크를 차와 함께 대접했다. 그들은 하도 인기가 많아져 나중에는 찻잔이 모자랄 정도였다. 두 사람의 조화가 그야말로 완벽했다. 피터는 매일 데이비드를 보며 이렇게 세련된 세상을 알게 해줘서 고맙다고 말했다. 그는 마치 런던에서 태어난 사람처럼 런던 생활에 녹아들었다. 나이 많은 남자들 사이에서 잘생기고 젊은 그의 생기 있는 육체는 눈에 띄었다. 기회가 없지 않았고 친구들도 예전만큼 의리를 지키지는 않았지만 (로스앤젤레스에서 헨리도 피터에게 빠지지 않았던가? 데이비드와 피터가 사귄 지 얼마 안 되었을 때 피코 대로의 스튜디오에서 피터와 단둘이 남게 되자 그는 마치 독수리처럼 피터를 노렸다. 순진한 처녀처럼 충격을 받은 피터가 그 일을 얘기하자 데이비드는 한바탕 크게 웃었다) 가능성은 제로였다. 런던에서든 로스앤젤레스에서든 두 사람은 서로만 바라봤다.

여름이 왔다. 데이비드와 피터는 도르도뉴에 있는 카스민의 집에 갔다가 데이비드의 친구인 토니 리처드슨을 만났다. 토니는 런던과 로스앤젤레스를 오가며 사는 영국인 영화인이었다. 그는 생트로페 북쪽에 있는 한 언덕에 오두막을 개조해서 지인(그리고 모르는 사람)에게 개방할 휴양지로 만들었다. 워낙 손님 대접을 좋아해서 간다고 미리 알리지 않아도 될 정도였다. 손님들은 가고 싶을 때 가서 방갈로 하나를 차지하고 사람들과 공동생활을 하면 되었다. 수영장에서 혹은 바다가 내려다보이는 꽃이 만발한 언덕 꼭대기에서 멋진 하루를 보내면 그만이었다. 데이비드와 피터는 로스앤젤레스의 친구들을 그곳에서 다시 만났다. 캘리포니아가 유럽으로 이사 온 것 같았다. 가을이 되자 두 사람은 파리에서 주말을 보내고 프랑스 곳곳을 구경했다. 매번 최고급 호텔에 짐을 풀었다. 금요일 저녁에 해안가로 차를 몰고 가서 페리호에 차를 싣고 토요일 아침에 프랑스 북부에서 눈을 뜨는 일은 식은 죽 먹기였다. 다양하고 아름다운 유럽 대륙이 그들의 손아귀에 있었다. 이것이 바로 캘리포니아에는 없는 것이었다. 데이비드도 인정해야 했다. 그와 피터는 특히 비시의 온천과 프루스트적인 우아함을 자랑하는 호텔 파비용 세비네를 좋아했다. 단둘이 마사지를 받고 아무 걱정 없이 감미로운 저녁과 밤을 보내는 게 좋았다.

피터는 데이비드에게 행운의 부적인 게 틀림없었다. 런던에서 머물던 두 번째 해에는 데이비드가 활발히 활동할 수 있었다. 런던 동부에 있는 화이트채플 갤러리가 그의 회고전을 기획했다. 데이비드는 위대한 화가들의 뒤를 따라가고 있었다. 1938년 피카소가 스페인 내전을 반대하기 위해 그렸던 〈게르니카〉가 전시됐던 곳도 화이트채플 갤러리였다. 1961년에 마크 로스코가 영국에서 처음 전시회를 열었던 곳도 이곳이었다. 그때 데이비드는 아직 왕립미술대학 학생이었다. 1964년에는 「새로운 세대전The New Generation」이 열렸다. 이번 회고전에서는 데생, 조각, 캘리포니아에서 작업한 그림과 대형 초상화 등 데이비드가 십년 동안 작업한 작품들이 전시될 예정이었다. 그는 헨리와 그의 연인을 담은 또 하나의 초상화를 그렸다. 그는 뉴욕에서 두 사람의 모습을 그리고 사진도 찍었다. 미국의 한계를 시험할 기회였다. 데이비드는 병에 걸려 고열에 시달린 적이 있는데 놀랍게도 그렇게 민주적이고 너그러운 나라 미국에서 주치의가 없으면 의사를 만날 수가 없다는 것을 알고 깜짝 놀랐다. 그는 최빈곤층이 찾는 병원 응급실에서 몇 시간이나 기다려야 했다.

새 초상화는 크리스토퍼와 돈을 그렸던 초상화와는 아주 다르게 초록색과 분홍색이 주를 이뤘다. 맨해튼의 마천루가 보이는 창문 앞에서 아르 누보 스타일의 분홍 벨벳 소파 중앙에 앉아 다리를 꼰 모습의 헨리는 그림의 중심에서 관객을 마주 본다. 쓰고 있는 안경에는 빛이 반사된다. 윤이 나는 슬리퍼를 신은 한쪽 발이 유리 테이블 밑으로 보이고, 다른 발은 무릎 위에 놓여 있다. 헨리 옆에 서서 옆모습만 보이는 연인은 베이지색 레인코트를 입고 있다. 그는 마치 메시지를 전하러 왔거나 막 집을 나서려는 모양새다. "마리아의 잉태를 알리는 천사 같군." 그림을 본 친구가 이렇게 말하자 데이비드는 웃음을 터뜨렸다. 헨리는 동정녀 마리아와 닮은 점이라고는 하나도 없는 사람이었기 때문이다. 헨리의 모습이 더 멋지게 묘사된 것도 아니었지만 뭔가 힘이 느껴졌다. 소매가 없는 회색 조끼의 주름 때문에 더 두드러진 그의 배에서, 그의 빨간 넥타이에서, 그의 벌어진 입술 사이에서, 그의 꽉 쥔 주먹에서, 양말과 바지 사이에 보이는 그의 살갗에서 기운이 느껴졌다. 이 초상화는 등장인물들의 관계를 보여주는 또 하나의 작품이었다. 크리스토퍼와 돈을 그렸던 그림과는 달리 이 작품에서는 연인의 관계가 지속되지 않을 거라고 예감할 수 있다. 데이비드는 곧장 또 다른 대형 초상화를 기획했다. 이번에는 피터와 오시가 모델이었다. 두 사람은 빈 의자 (데이비드가 앉아 있다가 구성을 잡느라 일어나는 바람에 비어 있는 채로 그림에 들어갔다) 옆에 놓인 철제 의자에 등을 보이며 앉아 있다. 배경은 프랑스 비시의 온천 공원으로 프랑스식 정원이 원근법으로 묘사

되어 있다.

  4월 2일에 피터와 함께 화이트채플 갤러리 전시회 개막 행사에 도착한 데이비드는 가슴이 벅차면서도 긴장한 상태였다. 런던 전체가 갤러리로 모여들었다. 그는 십 년 만에 처음으로 자신이 젊었을 때 그려서 판매했던 작품들을 보았다. 왕립미술대학 시절 그는 여전히 자기 자신을 찾고 있었고, 그의 작품은 고전 미술과 현대 미술, 구상화와 추상화를 가리지 않고 프랑스, 이탈리아, 미국의 화가들을 차용하고 있었다. 특히 뒤뷔페와 프랜시스 베이컨의 영향을 받았다. 그러나 그 당시에도 데이비드는 그들의 스타일을 자기 스타일에 녹여내서 사람들이 그의 터치, 형태, 극적인 구성, 유희에 대한 취향, 색채, 공간과의 관계를 알아보았다. 이미 그의 대형 2인 초상화를 예견하는 요소들이었다.

  서른두 살에 열린 첫 번째 회고전이라…. 데이비드는 유명 화가가 되어가는 중이었다. 정작 그는 자신을 그렇게 생각하고 싶지 않았지만 말이다. 데이비드의 부모는 BBC에 데이비드가 출연한 모습을 보았고 신문에 실린 그의 사진도 보았다. 사람들이 그들에게 유명한 아들에 관해 물었고, 브래드퍼드의 갤러리는 그의 에칭 작품 몇 점을 사들였다. 인터뷰 요청이 늘어났고 초대장이 쏟아졌다. 거리를 걸으면 사람들이 데이비드를 알아보는 일도 생겼다. 그의 작품은 불티나게 팔려 나갔다. 특히 밝고 모던하면서도 고전적인 2인 초상화가 인기였다. 카스민은 수집가들이 기다리니 더 빨리 그림을 그리라고 재촉했다. 데이비드는 압박을 받으며 그림을 그리고 싶지 않았지만 사람들이 그를 원한다는 느낌이 싫지 않았다.

이렇게 짜릿한 경험이 이어지던 날들에 비해 피터에게 길들여 보내는 시간은 감미롭고도 때로는 단조로웠다. 두 사람이 한눈팔지 않고 서로에게 충실한 지 거의 사 년이 되었다. 서로에 대한 감정이 둔해질 때도 되었다. 사랑의 유통기한은 삼 년이라고 문학 작품, 특히 「트리스탄과 이졸데」(바그너의 오페라 덕분에 줄거리를 꿰고 있었다)에도 나오지 않았던가? 피터가 잠자리를 원하지 않기도 했고 데이비드의 키스를 거부하는 일도 생겼다. 데이비드가 자신을 진정한 화가로 봐주지 않는다고 원망하기도 했다. 데이비드는 어깨만 으쓱할 뿐이었다. 피터는 슬레이드에 다니는 스물두 살 대학생일 뿐이었다. 인정받기를 원하는 건 욕심 아닌가? 회고전이 끝나고 피터는 불만을 터뜨렸다. 자신은 데이비드의 작품에 나오는 성적 대상일 뿐이었다. 신문에서도 그렇게 읽었고 친구들도 그렇게 생각하는 게 아닌가? 데이비드는 대답할 가치도 없어 한숨만 쉬었다.

두 사람은 부활절 전날 대판 싸웠다. 데이비드가 피터를 두고 혼자 브래드퍼드행 기차를 타러 집을 나설 때였다. 크리스마스처럼 부활절에도 가족들만 모였기 때문이다.

"내가 창피해?"

피터가 공격적으로 나왔다.

"그만해."

"넌 정말 비겁해. 나는 널 위해 부모님의 화도 다 감당했어."

"그런 거 아니야. 너도 알잖아. 나중에 얘기하자. 지금은 좋은 때가 아니야."

이번이 처음이 아니었다. 데이비드는 부모님이 시골에서 자랐고 일요일마다 감리교 교회를 빼먹지 않고 다니기 때문에 동성애라면 신이 소돔과 고모라에 퍼부었던 유황 비밖에 떠올릴 줄 모른다고 설명했다. 칠십이 다 된 어머니를 충격에 빠뜨리기 싫다고 말이다. 게다가 어머니는 아버지 건강 때문에 걱정이 많았다.

"넌 항상 좋은 때가 아니라고 말하지."

피터는 문을 쾅 닫으며 소리쳤다.

데이비드가 이틀 뒤 초콜릿으로 만든 달걀을 들고 브래드퍼드에서 돌아왔을 때도 피터는 화를 풀지 않았다.

아틀리에로도 쓰던 두 칸짜리 아파트는 두 사람에게 비좁았다. 마침 옆집이 매물로 나왔고, 회고전이 성공한 덕분에 데이비드는 옆집을 사들일 수 있었다. 아파트 공사가 가을에 시작되자, 피터가 공사를 감독하고 인테리어를 맡았다. 피터는 이 일을 좋아했다. 자신이 쓸모있는 사람이라고 느꼈다. 한동안 데이비드와 피터는 새롭게 단장될 아파트의 설계도에 관해서만 얘기를 나누었다. 공통의 욕망을 다시 찾은 것이다. 8월에는 피터 혼자 부모님을 만나러 로스앤젤레스로 떠났다. 9월 초에 데이비드는 피터를 간절히 기다리고 있었지만 두 사람의 재회는 실패로 끝났다. 피터가 돌아오자마자 다툰 것이다. 피터는 긴장하고 성마른 상태였다. 데이비드가 무슨 문제가 있느냐고 묻자 피터는 시차 때문에 기분이 안 좋다고 대답했지만 거짓말인 게 뻔했다. 가을에 데이비드는 피터를 데리고 화이트채플 갤러리의 회고전이 순회하는 북유럽과 동유럽을 누볐다. 체코의 카를로비 바리와 마리안스케라즈네에서 묶었던 고급 호텔들은 고풍스러웠지만 피터는 골동품 상점이 없다며 속상해했다. 그는 그게 마치 데이비드의 잘못인 것처럼 그를 원망했다. 피터의 기분이 상하지 않는 방법을 찾을 수 없었던 데이비드는 그의 변덕에 지쳐갔다.

 어쩌면 캘리포니아 출신인 피터가 영국의 긴 겨울, 흐린 날씨, 심한 오염을 더는 견디기 어려웠던 건지도 모른다. 그에게는 그저 햇빛이 필요했을 수도. 데이비드는 2월에 피터를 모로코로 데려갔다. 둘 다 잘 알고 피터가 좋아하는 셀리아도 함께였다. 마라케시의 최고급 호텔 라 마무니아는 아름다움, 사치, 정교함을 담고 있는 오아시스 같았다. 피터가 서 있는 발코니에서 바라보는 정원과 야자수 풍경은 눈부셨다. 그 모습을 본 데이비드는 곧바로 구상이 떠올랐다. 그가 사진기와 크로키 수첩을 꺼내 들자 피터는 못 참겠다는 듯 "또!"라고 외쳤다. 그는 포즈를 잡고 싶지 않았다. 호텔에서 나가 마라케시와 전통시장을 둘러보고 게티 부부도 만나고 싶었다. "넌 정말 어리구나.

난 이제 그런 거에 관심이 없어." 데이비드가 이렇게 말하자 피터는 그가 교만하다며 엄청나게 화를 냈다. 옆방에 있던 셀리아가 온갖 노력을 기울여 겨우 진정시킬 정도였다.

  데이비드와 피터는 부활절 휴가를 따로 보내기로 했다. 두 사람 모두 숨돌릴 필요가 있었다. 쉬어야 했다. 피터는 파리로 가고 데이비드는 로스앤젤레스로 갈 예정이었다. 데이비드는 로스앤젤레스에서 자신이 원하던 걸 찾았다. 그는 닉의 친구 집에서 완벽하게 긴장을 풀 수 있었다. 은행가였던 닉의 친구는 밤낮으로 수영장에서 파티를 열었다. 마약이 오갔고 미소년들과 손쉬운 쾌락이 넘쳤다. 데이비드는 사랑을 나눈 뒤 잠자리를 한 남자들을 그렸다. 기분이 나아지자 벌써 피터가 그리웠다. 런던으로 돌아오는 비행기에서 그는 피터를 빨리 보고 싶었고 그와 화해하고 싶었다.

  그러나 피터는 더는 그의 남자가 아니었다. 다른 남자를 만난 것이다. 좋은 시간을 보냈던 데이비드도 불평할 처지가 아니었다. 게다가 피터는 아직 젊었다. 스물세 살밖에 되지 않았다. 데이비드가 그의 첫 남자친구였으니 아직 더 많은 남자를 겪어봐야 했다. 피터가 모험을 할 수 있도록 놔줘야 했다. 데이비드는 크리스토퍼 이셔우드의 말이 떠올랐다. 지혜로운 크리스토퍼는 고통을 제어할 줄 알았다. 돈은 결국 런던에서 돌아왔고 두 사람은 지금 그 어느 때보다 행복한 시간을 보낸다. 데이비드도 크리스토퍼만큼 강해질 것이다.

할 일이 있어서 그나마 다행이었다. 화판은 그에게 구원이었다. 데이비드는 새로운 2인 초상화를 시작했다. 이제 막 결혼한 오시와 셀리아가 주인공이었다. 셀리아가 아이를 가졌기 때문이었다. 그림은 그들의 결혼 선물이 될 것이다. 오시는 무릎에 고양이를 올린 채 모던한 의자에 한가로이 앉아 있다. 어두운 색상의 롱드레스를 입은 셀리아는 열린 창문 앞에 서 있다. 손을 허리에 올려 임신한 배가 두드러져 보였고, 옆에는 흰 백합이 장식되어 있다. 오른쪽에 놓인 전화기도 흰색이고 발코니의 난간을 받치는 작은 기둥과 고양이도 흰색이다. 흰색이 그림을 온화한 분위기로 물들였고, 그 온화함은 셀리아의 분위기와 들어맞았다. 데이비드는 오시의 발을 그리기 힘들어 양탄자 털로 가렸다. 오시의 얼굴도 난제였다. 매번 결과에 만족하지 못해서 몇 번을 그리고 또 그렸다. 그건 아마도 마약에 빠져들어 점점 더 망상에 휩싸여 셀리아를 함부로 대하던 오시에게 불만이었기 때문이었을 것이다. 데이비드는 이 초상화를 끝내자마자 주문이 들어온 그림을 그리겠다고 했다. 다른 주문은 모두 거절했지만 이번 주문은 은퇴를 앞둔 코벤트 가든의 오페라 하우스 단장의 초상화를 그리는 것이었다. 바쁘게 지내는 게 나았다. 새로운 주제를 생각하던 데이비드는 아틀리에 바닥에 나란히 뒹굴던 사진 두 장을 보고 아이디어가 떠올랐다. 수영장에서 수영하는 소년과 정면을 응시하며 옆으로 앉아 있는 청년의 사진이었다. 청년은 소년이 수영하는 모습을 지켜보는 듯했다. 이번에도 우연히 탄생한 이 구성이 마음에 들었고 단박에 무엇을 그려야 할지 감이 왔다. 그는 서 있는 자세의 피터를 그릴 것이다. 처음으로 피터는 관찰의 대상인 수영하는 소년이 아니라 수영장 밖에서 옷을 입고 있는 관찰자, 시선의 주체, 즉 화가가 된다.

데이비드는 7월에 프랑스에 함께 가자고 피터를 졸랐다. 카레나크에 다시 가보면 카스민, 그의 아내, 부부가 초대했던 사람들과 성에서 보냈던 행복한 순간이 떠오를 것이다. 옅은 노란 돌로 세운 벽, 호두나무 밑에서 좋은 사람들과 함께 나눴던 저녁, 천상의 맛을 냈던 고급 보르도 와인, 포근했던 저녁이 슬픔을 지우고 애정을 다시 불러일으킬 것이다. 피터는 알겠다고 했지만 상냥하지는 않았다. 그는 데이비드에게 계속 화를 냈다. 사람들이 보는 앞에서도 모욕감이 들 정도로 그랬다. 포즈를 취하려고도, 사랑을 나누려고도 하지 않았다. 일주일이 지난 뒤에는 친구가 초대했다며 스페인의 카다케스에 가겠다고 고집을 부렸다. 데이비드는 할 수 없이 그러자고 했다. 무더위 속에 울퉁불퉁한 길을 오래 달린 끝에 스페인 북동부에 있는 카다케스에 도착했을 때 반갑지 않은 손님이 기다리고 있었다. 피터의 남자친구가 그곳에 있었다. 피터가 부모님을 만나러 그리스로 떠나기 전까지 사흘밖에 없었다. 데이비드는 피터와 단둘이 시간을 보내고 싶었다. 다음 날 모두 함께 보트를 타고 나갈 예정이었으나 데이비드는 피터에게 가지 말자고 애원했다. 피터는 재미있는 피크닉을 포기하고 데이비드와 단둘이 남을 이유를 모르겠다고 말했다. 데이비드는 자신을 공격할 게 뻔했기 때문이다. 보트를 타고 나가는 날 데이비드는 부교까지 피터를 따라갔다. 배에는 피터의 남자친구, 피터 또래의 잘생기고 키 큰 금발 머리 덴마크 청년 등 이미 세 사람이 타고 있었다. 데이비드는 피터가 보트 갑판으로 뛰어내리는 모습을 지켜봤다.

"피터, 이대로 가면 우린 끝이야."

피터는 뒤돌아보지 않았다. 데이비드는 피가 거꾸로 솟는 것 같았다.

"꺼져라, 이 자식아!"

데이비드의 목소리가 얼마나 컸던지 모두 그를 돌아보았다. 데이비드는 급히 자리를 떴다. 가방을 챙기고 곧장 출발했다. 피레네산맥을 횡단하고 페르피냥에서 하룻밤 묶은 다음 도르도뉴의 구불구불한 길이 허락하는 한 최대한 빨리 카레나크까지 운전해 갔다.

카레나크의 성에 이르러 자동차에서 내리자 카스민과 그의 부인 제인, 오시, 셀리아, 패트릭이 보였다. 데이비드는 친구들을 보자 울음을 터뜨렸다. 화를 낸 게 후회스러웠다. 피터에게 전화를 걸어봤지만 소용없었다. "꺼져라, 이 자식아!"라는 말이 마지막 인사가 될 수는 없었다. 카다케스로 돌아가야 했다. 데이비드는 오시와 함께 숨 막힐 듯한 열기를 참으며 이틀 내내 차를 몰았다. 잠을 잘 때만 멈춰 섰다. 하지만 데이비드를 본 피터는 전혀 좋아하지 않았다.

"여기서 뭐 해? 가버려!"

"지금 갈 수는 없어, 피터. 나흘이나 운전을 해서 너무 피곤해."

데이비드의 볼에는 주체하지 못한 눈물이 흘러내렸다. 피터는 어쩜 저렇게 잔인할까? 친구들이 말리자 피터는 조금 누그러들었다. 그리스로 떠나기 전날 두 사람은 소리도 지르지 않고, 서로에게 욕도 날리지 않고 차분히 대화했다. 피터와 헤어지자 데이비드의 마음은 한결 가벼웠다.

지금까지 벌어진 일을 생각해볼 시간이 한 달이나 있었다. 데이비드는 바뀔 것이다. 이기적인 마음을 덜어낼 것이다. 피터의 존재를 당연하게 생각했으니 이제부터 그의 말에 귀를 기울이고 그에게 더 관심을 가질 것이다. 그의 그림과 사진을 칭찬하고 자신의 삶에서 그가 얼마나 중요한 자리를 차지하는지 말할 것이다. 데이비드는 자신의 젊은 시절을 떠올렸다. 스물세 살인 피터도 방황하는 중이다. 성공한 예술가에 자기보다 나이도 많은 남자와 사는 게 절대 쉽지는 않았을 것이다. 데이비드는 피터를 자신과는 별개로 독립적인 삶과 의지가 있는 인간으로서 존중하는 모습을 보여줄 것이다. 그동안 데이비드는 자기중심적이었다. 작업에 정신이 빠져 두 사람 사이가 멀어지는 걸 보고만 있었다. 하지만 그에게도 나름의 이유가 있었다. 회고전은 특별한 전시였다. 십 년 동안 이룩한 작업을 보여주는 것이 아니었던가.

9월에 런던으로 돌아온 피터는 데이비드에게 시간이 필요하다고 말했다. 그리고 침대 매트리스를 자신의 아틀리에로 옮겼다. 그래도 길모퉁이에 있는 친구 앤의 집에 머무는 거니까. 작년에 많은 소음과 혼란을 낳았던 공사는 모두 마무리되었다. 피터가 고른 디자인의 가구들로 장식한 넓은 아파트는 멋졌다. 선명한 파란 타일을 깐 널찍한 욕실에는 샤워기가 여러 개 설치되어 있었다. 데이비드는 피터와 함께 새 샤워기를 시험해볼 꿈을 꾸었다. 인내심을 가져야 했다. 피터에게 시간과 공간을 줘야 했다. 데이비드는 정물화를 그렸다. 낮은 유리 테이블에 서로 떨어뜨려 놓은 물건들에서는 데이비드가 느꼈을 외로움이 배어 나오고, 수영장에 떠 있는 빨간 고무 튜브는 그의 멜랑콜리를 비추는 거울 같다. 슬픈 날들이 지루하게 흘렀다. 데이비드는 신경안정제 발륨 없이는 잠을 이루지 못했다. 어머니 생각을 할 때만 약을 먹지 않고 참을 수 있었다. 데이비드가 무척 우울해한다는 사실을 눈치챈 친구가 그를 일본에 데려갔다. 데이비드는 오래전부터 일본에 가보고 싶었지만 도쿄는 추하고 더러웠고, 아름다운 교토도 그를 감동시키지 못했다. 데이비드는 피터 생각을 멈추지 못했고, 결국 어느 날 밤 호텔에서 수천 킬로미터 떨어진 그의 목소리를 듣고 싶어서 전화를 걸었다. 그러나 피터의 말이 그의 가슴을 찢어놓았다. "우린 끝났어."

데이비드는 일본에서 〈비 내리는 오사카〉라는 그림만 좋아했다. 일본 전통 회화 전시회에서 본 그림이었다.

일본에서 돌아온 데이비드는 작업에 매진했다. 그에게 가까이 갈 수 있는 사람은 어머니뿐이었다. 어머니는 아들이 왜 슬퍼하는지 알 수 없었지만 당신이 그 짐을 질 수 있다면 기꺼이 질 거라는 사실을 데이비드는 알고 있었다. 그녀는 데이비드를 "우리 아들!"이라고 불렀고 힘들다는 불평 한마디 없이 항상 포즈를 취해주었다. 아들의 작업을 존중했고 아들이 튤립 한 다발이나 원피스, 텔레비전을 사주면 고마워 어쩔 줄 몰라 했다. 데이비드는 속으로 피터가 돌아올 순간을 기다리고 있었다. 몇 주 혹은 몇 달만 지나면 그가 돌아올 거라고 확신했다. 새로운 사랑에 대한 기쁨이 가시고 나면 그들의 사랑이 유일하다는 걸 깨달을 것이다. 그가 돌아오기 전에 해야 할 일이 하나 있었다. 그것은 동화에 나오는 일종의 시련 같은 것이었다. 피터를 남자친구가 아닌 예술가로 표현해서 그의 자존심을 회복시켜줄 그림을 그리는 일이었다.

그림은 그에게 저항했다. 데이비드는 많은 시간을 들여 작품을 검토했지만 무엇이 잘못되었는지 알 수 없었다. 얼굴을 다시 그리고, 수영하는 소년과 수면도 다시 손봤지만 문제는 해결되지 않았다. 어느 날 아침, 엄청난 집중력으로 사진과 그림을 번갈아 보던 그는 마침내 깨달았다. 수영장 각도가 잘못되었다. 결국 그림 전체가 잘못된 것이다. 처음부터 다시 그려야 했다. "미쳤어?" 카스민은 기겁했다. 데이비드가 여섯 달이나 매달렸던 그림은 그의 눈에는 완벽했다. 삼 주 뒤에 열릴 전시회까지 완성하려면 다시 그릴 시간도 없었다. 5월 13일 뉴욕의 앙드레 에머리히 갤러리에서 열릴 전시회는 1969년 이후 처음 기획된 개인전이었다. 카스민에 따르면 문제는 포기할 줄 모르는 데이비드의 머릿속이었다. 그는 피터를 포기할 줄 몰랐다. "아니." 데이비드는 일정에 맞춰 그림을 끝낼 수 있다고 장담했다.

데이비드는 미친 듯이 그림을 그렸다. 그는 모델이자 어느덧 친한 친구가 된 조수인 모를 생트로페 북쪽에 있는 토니의 집에 데려갔다. 그곳은 피터와 자주 가던 곳이다. 피터는 뻔뻔하게도 여름이 끝날 무렵 스페인에서 돌아오며 북유럽 출신인 남자친구와 함께 이곳에 들렀다. 하지만 토니가 재워주지 않았고, 데이비드는 그런 토니가 고마웠다. 봄이 온 지 얼마 되지 않아 물이 아직 차가웠지만 데이비드는 모를 수영장에 들어가게 하고 오랫동안 수영을 시켰다. 그는 속사포처럼 사진기 셔터를 눌러댔다. 그게 다가 아니었다. 그는 모에게 피터의 분홍색 재킷을 걸치게 하고 수영장 가장자리에서 포즈를 취하게 했다. 런던으로 돌아온 데이비드는 쉬지 않고 그림을 그렸다. 밤에도 잠을 자지 않고 일했다. 데이비드에 관한 영화를 만들겠다며 찾아온 젊은 감독이 햇빛처럼 강력한 전문 조명을 빌려준 덕분이었다. 데이비드는 그 대가로 반나절 동안 그가 아틀리에에 머물게 해주었다. 데이비드는 열흘 동안 한잠도 자지 않았다. 작품은 전시회를 하루 앞두고 완성되었다. 그는 그림이 마르자마자 돌돌 말아서 뉴욕으로 날아갔다.

그것은 그가 그린 가장 아름다운 그림이었다. 크리스토퍼와 돈을 그린 초상화보다, 〈비시의 온천 공원〉보다 더 아름다웠다. 강렬한 분홍색 재킷과 얼굴, 짙은 갈색 머리를 물들이는 빛의 아우라를 받으며 투명한 물에서 수영하는 소년을 바라보는 피터는 마치 천사 같았다. 뒤쪽으로 짙은 그림자를 늘어뜨리는 진짜 몸을 가진 천사 말이다. 이번에도 〈비시의 온천 공원〉에서 볼 수 있었던 큰 대각선과 푸르른 원근을 볼 수 있었다. 크리스토퍼와 돈의 초상화에 있었던 강렬하고 매력적인 파란색도 재등장했다. 이 그림은 피터를 향한 사랑의 힘을 뿜어대고 있었다. 그것은 하늘의 초상이자, 물의 초상, 사랑의 초상, 화가의 초상이었다. 피터는 데이비드의 사랑에 응답하지 않는 한 이 그림을 보지 못할 것이다.

작품은 곧장 팔렸고 피터는 돌아오지 않았다.

뉴욕에서 헨리가 여름을 보내려고 데이비드를 찾아왔다. 그는 데이비드를 코르시카로 데려갔다. 헨리는 신랄한 발언과 잔인한 유머를 서슴지 않는 친구였지만 이번에는 엄청난 인내심을 발휘했다. 그는 대화 (사실은 독백에 가까웠지만) 주제가 한 가지밖에 없는 데이비드 때문에 지루해 죽을 지경이 되어 있었다. 데이비드는 피터가 돌아오지 않을 거라고는 생각하지 않았다. 다만 언제 돌아올지가 궁금했다. 데이비드가 알고 싶은 것은 그것밖에 없었다. 피터는 언제 데이비드가 운명의 짝이라는 사실을 깨달을까? 그는 언제쯤 젊은 날의 방황을 끝낼까? 데이비드는 런던의 친구 두 명을 모델로 새로운 초상화를 준비했다. 그들은 무용수와 고서적상으로, 데이비드 덕분에, 아니 피터 덕분에 만난 커플이었다. 그들의 나이 차이는 데이비드와 피터의 나이 차이와 같았다. 데이비드는 그들의 모습을 화폭에 담으며 어쩌면 안정적인 관계를 유지할 수 있는 비결을 깨달을지도 몰랐다. 헨리는 "차라리 부모님을 그리지 그래? 부모님과 너의 관계를 생각할 기회가 될 거야. 그건 아주 훌륭한 정신 분석이지"라고 말했다. 역시 헨리는 생각이 깊은 친구다.

데이비드는 런던을 견디지 못했다. 길을 걷다가 갈색 머리의 마른 남자와 키가 큰 금발 머리 남자 커플이 걸어가는 모습을 보면 가슴이 뭔가에 얻어맞은 것 같았다. 피터를 마주칠 때면 (같은 갤러리, 같은 친구들과 왕래했으니 그럴 수밖에 없었다) 잘 지내는 척하고 이제는 몸을 만질 수 없는 남자친구에게서 애써 눈길을 거두었다. 그것은 괴로운 일이었다. 예술 세계가 혐오스러웠다. 데이비드는 뉴욕에서 개인 수집가인 척하며 〈예술가의 초상〉을 산 남자가 독일에서 세 배나 비싼 값을 받고 작품을 되팔았다는 소식을 들었다. 자신의 영혼을 부어 넣은 작품이 투기 수단으로 전락한 것이다. 데이비드는 무용수와 고서적상의 초상화를 마무리해야 했다. 이 작품이 다음 전시회에서 대표작이 될 것이다. 데이비드는 아직 완성되지 않은 그림을 물끄러미 바라보다가 이걸 그려서 뭐 하나 생각했다. 그는 포위스 테라스의 아파트가 싫어졌다. 떠나야 했다. 그나마 경제력이 있으니 다행이었다. 사실 피터와 함께라면 이런 호화스러운 삶보다 지구 끝에 있는 작은 오두막이 더 좋았다. 데이비드는 언제나처럼 브래드퍼드에서 부모님, 누나, 영국에 유일하게 남아 있는 형과 함께 크리스마스를 보낸 뒤 로스앤젤레스로 날아가 말리부 해변에서 집을 빌렸다. 얼마 뒤에 셀리아가 한 살과 세 살된 아들 둘을 데리고 근처로 이사했다.

셀리아도 가슴앓이를 하고 있었다. 오시가 시도 때도 없이 바람을 피웠고 그녀를 막 대했기 때문이다. 그래도 아들들을 위해 참을 수밖에 없었다. 셀리아는 피터와 친했지만 데이비드에게 너무 잔인했다며 데이비드 편을 들어주었다. 오시의 오랜 친구이자 전 남자친구였던 데이비드도 셀리아의 편을 들었다. 셀리아는 참 온화했다. 그녀의 얼굴, 웃음, 곱슬머리, 맑은 눈, 목소리, 그녀의 아들들까지도. 그녀는 미모도 대단했다. 데이비드는 계속 그녀를 그렸다. 매일 아침 60킬로미터 떨어진 할리우드 아틀리에에 가서 그림을 그리다가 저녁이 되면 셀리아와 아이들이 기다리는 해변의 집으로 돌아왔다. 셀리아는 저녁을 준비했고, 두 사람은 아이들이 자러 가면 바다를 바라보며 와인을 마셨다. 오시, 피터, 그밖에 온갖 일에 대해 수다를 떨다가 새벽 두 시가 되면 둘은 같은 침대에서 서로 껴안고 잠이 들었다. 마치 남매처럼. 혹은 그보다 더 애틋한 사람들처럼. 데이비드는 몸이 점점 녹는다는 느낌이 들었다. 둘의 관계는 우정일까? 아니면 사랑일까? 그것은 외로움과 슬픔에서 그들을 보호해주는 부드러운 그 무엇이었다. 아내와 친구가 가까워졌다는 소문을 들은 오시가 런던에서 날아와 허리케인처럼 가족을 데려가는 바람에 데이비드는 하루아침에 보호막을 빼앗겼다.

셀리아와 아이들이 없으니 파도치는 소리도 구슬프게 들렸다. 데이비드는 다시 유럽으로 떠났다. 4월 8일에는 라디오를 듣다가 피카소가 아흔한 살의 나이에 프랑스 무쟁에서 생을 마감했다는 소식이 전해지자 대성통곡했다. 피터가 그를 떠난 지도 이 년이 다 되어갔다. 그 시간이 어떻게 지나갔는지도 기억나지 않았다. 공허함이 시간을 통째로 집어삼킨 것 같았다. 그 대신에 카다케스에 다시 돌아갔던 일, 차에서 내리는 그를 바라보던 피터의 차갑고 무서운 눈빛은 마치 어제 일처럼 생생했다. "가버려!" 데이비드는 이제 피카소를 만나기란 불가능해졌고 피터는 그에게 돌아오지 않으리라는 사실을 깨달았다. 세상은 피카소와 피터 없는 세상이 될 것이다. 데이비드는 그런 세상에 살고 싶지 않았다.

그렇다고 그가 목숨을 끊은 건 아니다. 그는 피카소를 기리기 위한 전시에 참여해달라는 요청을 받았다. 피카소의 판화 스승이었던 알도 크롬랭크Aldo Cromelynck가 데이비드에게 새로 개발한 기술을 가르쳐주었다. 그 기술로

총천연색 판화를 흑백 판화처럼 빠르게 제작할 수 있었다. 피카소가 죽기 전에 가르쳐주지 못한 이 기술을 데이비드에게 전수함으로써 판화에 있어서는 데이비드를 피카소의 후계자로 만든 셈이다. 데이비드는 이 년 만에 처음으로 피터 생각을 하지 않았다. 새로운 기술에서 얻은 기쁨, 그리고 크롬랭크와 함께 일한 시간이 부정적인 에너지를 흡수해버렸다.

여름에 헨리가 다시 찾아왔고, 데이비드와 그는 이탈리아에서 한 달을 같이 보냈다. 데이비드가 루카에서 빌라를 빌렸다. 두 친구는 데이비드의 삶과 작품에 관한 책(데이비드의 아이디어였다)을 함께 만들기로 했었다. 그들은 수영장에서 수다를 떨고 훌륭한 와인을 마시고 오페라를 듣고 큰 시가를 피웠다. 데이비드는 그사이에 헨리를 그렸다. 책은 진도가 나가지 않았지만 데이비드는 더는 외로움을 느끼지 않았다. 삶에 다시 활기가 돌기 시작했다. 심지어 농담까지 할 힘이 났다. 어느 날, 데이비드는 무릎에 크로키 수첩을 두고 앉아 있었고 헨리가 몇 미터 앞에서 포즈를 취하고 있었다. 허영심이 있는 편인 헨리는 자신의 초상화가 그려지는 걸 즐겼다. 데이비드는 삼십 분 정도 그를 바라보더니 집중한 표정으로 수첩 쪽으로 몸을 기울였다. 그림을 그리는 데 방해가 될까 봐 헨리는 꼼짝도 못 하고 있다가 물었다. "봐도 돼?" 그러자 데이비드가 수첩을 들어 보여주었는데 거기에는 미키마우스가 있었다. 삼십 분 동안 미키마우스를 그리고 있었던 것이다. 충격과 분노에 휩싸인 헨리의 표정이 얼마나 우습던지 데이비드는 껄껄대며 웃음을 터뜨렸다.

사랑하던 남자가 없어도 삶은 살아지나 보다. 어쩌면 피터에게 느꼈던 감정을 다른 남자에게서는 느끼지 못할지도 모른다. 더 이상 완벽한 관계를 맺지 못할지도 모른다. 하지만 데이비드에게는 완벽한 우정과 언덕 위 아름다운 측백나무, 그림을 그리는 기쁨이 남아 있었다. 만약 피터를 잊는다면, 만약 피터 없이 제대로 살아간다면, 혹시 그때 피터가 돌아오지 않을까? 슬픔과 멜랑콜리는 매력이 될 수 없었다. 밝음, 에너지, 행복은 그렇지만. 데이비드는 매일 한 시간씩 수영을 했다. 살을 태우고 어깨 근육을 키우고 몸을 만들었다. 그는 피터가 자신을 필요로 한다고 확신했다. 그가 돈 문제로 골치를 앓고 있다는 것을 알았다. 데이비드는 『마담 보바리』의 비극적인 결말을 읽고 피터를 떠올리지 않을 수 없었다.

런던으로 돌아온 다음 날 데이비드는 아는 친구를 통해서 피터에게 만나서 도와주고 싶다는 뜻을 전했다. 그러나 돌아온 대답은 피터가 그를 필요로 하지도 않고 그를 만나고 싶어 하지도 않는다는 것이었다.

포위스 테라스의 넓고 조용한 아파트에 혼자 살던 데이비드는 우울감에 괴로웠다. 그는 여름 내내 착각하고 있었다는 걸 깨달았다. 다시 기운을 차리고 마침내 피터에게서 멀어졌다고 생각했지만 사실은 피터를 기다리기만 했을 뿐이었다. 게다가 피터가 마음을 고쳐먹고 그에게 달려올 거라 확신했으니!

두 사람은 오 년 동안 서로 사랑했고 이 년 전에 헤어졌다. 데이비드는 올해 서른여섯이 되었고 피터는 스물다섯이 되었다. 어떻게 그렇게 밝고, 에너지 넘치고, 행복해지는 데 소질이 있던 데이비드가 잡초처럼 자라는 집착으로 완전히 망가질 수 있었을까? 헨리와 루카에 있을 때는 상태가 좋았는데 말이다. 런던에 돌아오니 왜 죽고 싶은 생각 말고는 아무런 의욕이 없는 상태로 다시 돌아간 걸까? 사랑은 중독이다. 어떻게 하면 자신의 몸에 흐르는 피에서 피터를 씻어내고 자기 자신으로 되돌아갈 수 있을까? 다시 런던을 떠나야 할까? 뉴욕에 있는 헨리를 찾아가야 할까? 떠나야 한다. 피터를 마주치지 않을 곳으로. 두 사람을 아는 사람이 없는 곳으로. 이 년 동안 참을성을 소진하고 그의 입에서 피터의 이름이 나오는 걸 더는 참지 못하는 친구들에게서 멀리 떠나야 한다.

데이비드는 파리를 선택했다. 토니 리처드슨이 6구에 있는 아파트를 그에게 빌려주었다.

아파트는 생제르맹가와 센강 사이에 있는 좁은 골목길에 있었다. 파리의 유명한 프로코프 카페 바로 옆이었다. 그곳에서는 걸어서 파리 시내 어디나 갈 수 있었다. 데이비드는 오후에 루브르로 산책을 갔고, 예술 영화와 실험 영화를 상영하는 극장, 템스강보다 더 푸른 센강에도 걸어서 갔다. 플로르 카페에서는 아침 신문을 읽으며 커피를 마시고 버터와 잼을 바른 바게트를 먹었다. 저녁이 되면 친구들과 라쿠폴에서 식사를 했다. 아틀리에는 대학생, 예술가, 지식인이 득실대는 시끌벅적한 동네에서 조용한 오아시스가 되었다. 셀리아가 데이비드를 자주 찾아왔고 데이비드는 그녀를 그렸다. 데이비드는 새로운 친구들을 사귀었는데, 그중에는 프랑스 디자이너와 그의 연인, 그리고 미국인 예술가 부부가 있었다. 미국인 부부는 작은 방 두 칸짜리 아파트에서 이십 년 내내 살고 있었다. 아내 없이는 외출도 못 하는 남자를 보고 데이비드는 재미있다는 생각이 들었다. 아파트에 있는 부부의 모습을 그리고 싶었다. 그는 여전히 피터를 생각하며 눈물을 훔치기도 했지만 마음속으로 방황하지 않고 산책하는 즐거움과 거리 풍경을 관찰하는 즐거움을 되찾았다. 그는 미술대학인 보자르에서 프랑스인 학생 이브마리를 만나 사귀기 시작했다. 이브마리는 캘리포니아 청년 그레고리를 닮았다. 로스앤젤레스에서 닉의 집에 갔을 때 만났던 그레고리는 데이비드가 살던 곳과 아주 가까운 드래곤가에 살았었다.

파리에서 머문 지 육 개월쯤 지나자 데이비드도 기분이 나아졌다. 그는 이 년 전에 강력한 조명을 빌려줬던 감독의 작품을 보러 런던으로 향했다. 영화의 제목은 데이비드의 가장 유명한 작품 〈더 큰 첨벙〉과 같았다. 서사의 흐름이 정말 흐릿한 영화였다. 카메라는 데이비드의 삶에 관여한 사람들을 뒤쫓았다. 조수인 모는 데이비드가 뉴욕에 가서 살까 봐 겁난다고 말했고, 친구 패트릭은 데이비드가 그린 초상화와 비슷하게 자신의 아틀리에에 서 있는 모습으로 등장했다. 셀리아와 첫 번째 아기, 갤러리에서 데이비드에게 수집가들이 기다리고 있으니 빨리 그리라고 재촉하는 전화를 거는 시늉을 하는 카스민, 그리고 아니나 다를까, 차를 마시며 셀리아와 수다를 떨거나 수영장에 뛰어드는 피터도 찍혔다. 포위스 테라스와 새파란 타일을 붙인 욕실의 모습도 보였고, 뉴욕도 나왔다. 그러고 보니 뉴욕에서 열린 전시회 개막 행사에 감독이 데이비드를 따라온 적이 있었다. 이 모든 게 데이비드에게는 별로 재미없었다. 고통스러운 짜증을 불러일으키는 피터의 모습은 안 보는 게 나을 뻔했다.

그때 갑자기 끔찍한 광경이 눈앞에 스쳤다. 피터가 다른 남자와 침대에 있었다. 데이비드는 경악했지만 화면에서 눈을 떼지 못했다. 일 초, 일 초가 살을 찌르는 가는 바늘처럼 아팠다. 그렇게 몇 분 동안 피터와 그 남자는 서로 애무하고 키스하고 옷을 벗었다. 카메라는 두 남자의 입술, 볼, 코, 주근깨, 뒤로 젖힌 등, 피터의 엉덩이를 비췄다. 데이비드가 몇 년 동안 가슴속 깊이 묻어둔 것들이 다시 떠올랐다. 그가 받은 충격이 얼마나 셌는지 삼 년 동안 벽돌 하나하나를 인내를 가지고 쌓아 올려 만든 벽이 순식간에 무너지는 기분이었다. 그에게는 배신의 아픔, 벌거벗겨져 날카로운 돌에 찔리며 고문을 당하는 듯한 생생한 아픔만이 남아 있었다. 데이비드는 감독뿐만 아니라 셀리아, 모, 그리고 이 위선적인 영화에 참여한 모두에게 배신당한 기분이었다. 피터에게는 물론이었다. 돈이 필요해서 이런 장면을 찍은 걸까? 굶어 죽을 것 같았으면 차라리 나에게 돈을 달라고 하지! 자존심 때문이었을까? 피터는 나를 진짜 사랑하기는 한 걸까? 저렇게 열렬히 사랑하는 남자는 누구지?

영화가 끝난 뒤 데이비드는 감독에게 이 말밖에는 할 수 없었다. "'주연 데이비드 호크니'는 들어내세요. 난 배우가 아니니까요."

그 이후 데이비드는 그 누구도 자신의 삶에 들어와 사생활이나 그의 마음을 훔치지 못하게 했다.

그는 녹초가 되어 파리에 돌아왔다. 이 주 동안 침대를 벗어나지도 못했고 아무도 만나지 않았다.

고통은 사라질 것인가? 삼 년이 아직 모자랐나?

영화가 일으킨 쓰나미는 오히려 그를 구원한 위기였을지도 모른다. 열이 펄펄 끓자 데이비드는 창백하고 지친 몸으로 땀에 젖은 이불 속에 머물 수밖에 없었다. 그것은 병이 나아진다는 신호였다. 어쩌면 피터가 그렇게 천박하고 잔인한 일을 할 수 있다는 사실에 충격을 받고 이상적인 사랑은 환상에 지나지 않는다는 진리를 깨달은 것일지도 모른다. 그것도 아니면 사랑처럼 실연의 고통도 유통기한이 삼 년인지도. 데이비드는 어느 날 아침 잠에서 깨어 삼 년 동안 그를 갉아먹던 날카로운 고통이 사라진 것을 알았다. 그의 집착이 사라졌다. 고통이 진정되면서 그는 자유로워졌다. 그때부터 그레고리를 더 자주 만났고 서로에 대한 호감이 우정 이상이라는 사실을 깨달았다.

새로운 이야기가 만들어지고 있었다. 조심스럽고 수줍게. 사방에 방호벽을 치고.

어떤 연출가가 글라인드본 오페라 페스티벌에서 상연될 스트라빈스키의 오페라「난봉꾼의 행각」의 무대 디자인을 맡아달라고 요청했다. 데이비드는 빠져나갈 구멍을 찾은 듯했다. 오페라 무대 디자인은 해본 적이 없었지만 그는 기회를 잡았다. 단순한 기분 전환용이 아니었다. 새로운 일은 완성하기를 포기했던 2인 초상화에서 그를 더 많이 성장하게 했다. 그는 새로운 단계로 나아갔다. 현실을 비극적으로 받아들이지 않고 비극을 만드는 무대로 나아간 것이다. 난봉꾼이었던 그의 경력, 십 년 전 그에게 성공을 가져다주었던 그 방황의 이야기가 그에게 자신이 아닌 다른 관심사를 부여함으로써 그를 구할 것이었다.

일 년 뒤 오페라가 초연되던 날 식당을 하는 그의 친구가 글라인드본의 잔디밭에서 피크닉을 담당했다. 데이비드의 초대 손님 서른 명을 위해 샴페인 백이십여 병이 터졌다. 준비된 음식은 넉넉하고 맛도 기가 막혀서 데이비드는 오페라 가수들과 연주자들까지 초대했다. 이 여흥의 밤을 위해 데이비드는 무대 장식과 의상을 제작해서 벌어들인 것보다 더 많은 돈을 썼지만 후회하지 않았다. 흥청망청한 술의 향연에서 슬픔은 눈곱만큼도 남아 있지 않았다. 데이비드는 심연의 밑바닥에서 다시 떠올랐다. 이제 그는 삶의 가장자리에 서 있었다. 말 그대로. 얼근히 취한 채 잔디밭에 앉아 서식스의 언덕 아래로 천천히 지는 해를 바라보던 그는 이토록 아름다운 광경을 선사해준 세상에 사랑과 고마움을 느꼈다.

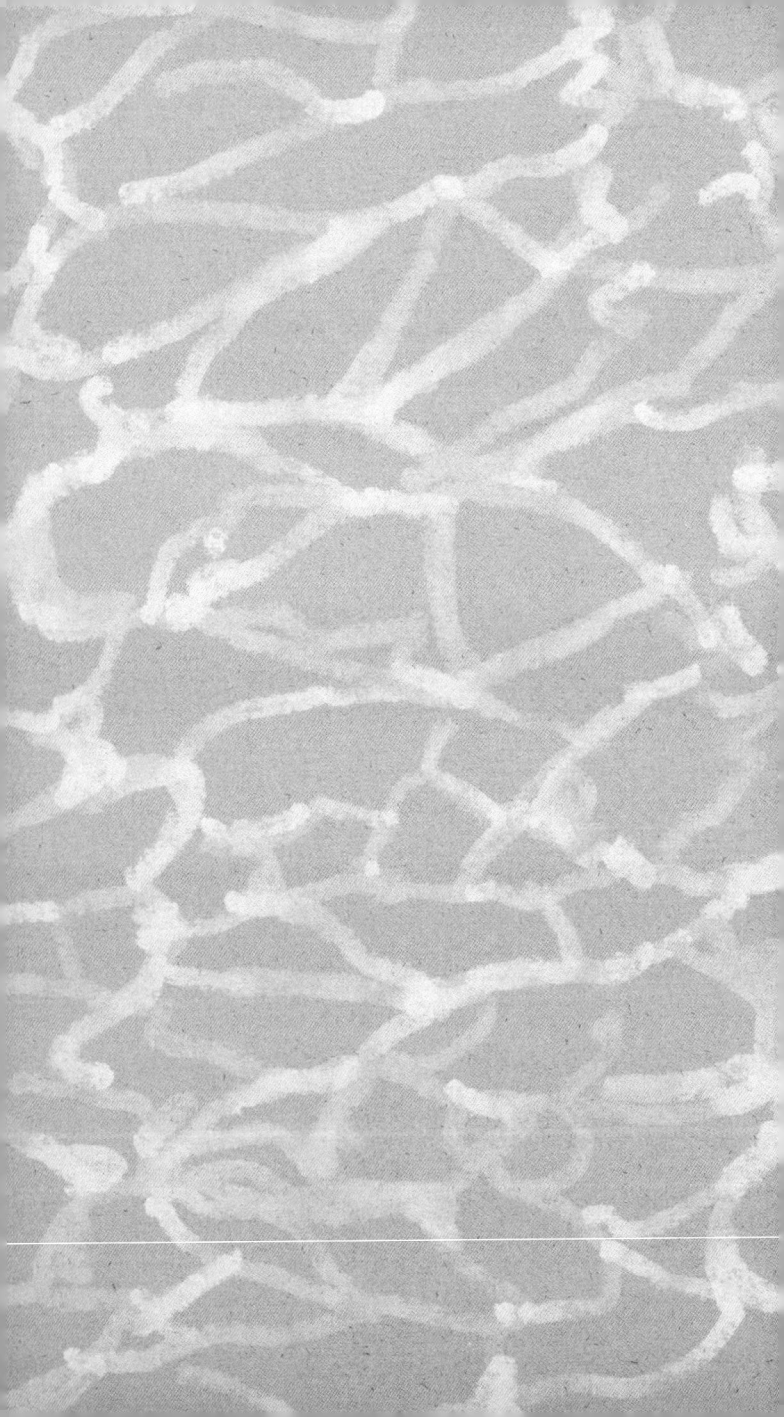

어린아이

데이비드의 어머니는 아들의 팔짱을 끼고 헤이워드 갤러리를 누비며 추상적이고 어두우며 미니멀한 작품들을 감상했다. 바닥에 놓인 두꺼운 밧줄이 그녀의 시선을 끌었다. 아마 밧줄은 알아봤기 때문일 것이다. 그녀는 걸음을 멈추고 작가의 이름을 찾았다. 배리 플래너건.

"이 사람이 밧줄을 만들었니?"

어머니의 질문은 순진했다.

데이비드의 부모님 외에도 헨리, 조수, 그리고 새 연인 그레고리가 같이 있었지만 아무도 웃지 않았다. 데이비드는 어머니에게 개념 미술이라는 것을 최대한 이해하기 쉽게 설명했다. 어머니는 모범생처럼 고개를 끄덕였다.

"네가 하는 게 훨씬 낫다."

어머니는 아들의 작품이 있는 전시실로 들어서면서 안

심한 목소리로 말했다.

선명한 색깔과 구체적인 주제가 다른 전시실에 있는 작품들과 대비를 이루었다. 데이비드의 아버지는 자신과 아내가 그려진 그림 앞에 서서 만족한 표정으로 고개를 끄덕였다.

"내가 맞군. 항상 바쁜 나. 나한테 고마워해야 한다, 데이비드. 내가 너를 혼내지 않았으면 이 그림은 존재하지도 못했어."

헨리는 키득거렸고 데이비드는 체념한 듯 천장을 쳐다봤다.

"켄, 게으른 아들을 닦달하신 건 잘한 일이에요."

그때 어머니가 말했다.

"이 그림도 아름답지만 난 거울에 네 모습이 비쳤던 첫 번째 버전이 더 좋아. 나도 뭔가 할 수 있었는데 하지 않은 게 가장 후회돼. 그러면 좀 더 멋져 보였을 텐데."

그러자 헨리가 자기 옆에 서 있는 작고 여윈 어머니의 어깨를 상냥하게 감싸며 말했다.

"로라, 아주 멋지신걸요."

"그런데 이 원피스는 어디서 난 거냐? 나한테는 이런 게 없는데."

어머니가 묻자 데이비드가 대답했다.

"이 파란색, 엄마한테 잘 어울리지 않아요?"

〈나의 부모님〉. 이 작품이 존재한다는 게 믿기지 않는다. 이 작품은 데이비드가 가장 고생한 그림이다. 〈예술가의 초상〉보다 더 어려웠다. 부모님을 그리면 정신 분석이 될 거라더니 이번에도 역시 헨리 말이 맞았다. 일 년 반 동안 기운을 짜냈지만 데이비드는 결국 포기했었다. 아버지의 얼굴을 다시 그리면 그릴수록 자꾸 미라처럼 보이는 것이었다. "그건 아버지랑 네가 서로에게 말하지 못한 무언가가 있기 때문이야." 어쩌면 그럴지도. 하지만 완전히 귀가 먼 노인과 대화를 시작하기에는 이미 너무 늦었다. 그는 어머니에게 전화를 걸어 실패했다고 알렸다. "가엾은 우리 아들!" 어머니는 아들의 마음을 헤아리면서 언제나처럼 따뜻하게 말했다. 그런데 한 시간 뒤, 아버지가 화난 목소리로 전화를 걸어왔다. "뭐라고? 포기한다고? 우리가 브래드퍼드, 런던, 파리에서 아무리 피곤하고 병이 났어도 너를 위해 포즈를 취해줬는데도 말이냐? 네 어머니한테, 널 먹이고 키우고 항상 네 편을 들어주는 어머니한테 그게 할 짓이냐? 네가 나와 자기를 그려주는 게 네 엄마한테 어떤 의미인지 모르니? 얼마나 널 자랑스러워했는데!" 아버지는 엄청난 말썽을 피운 여덟 살 철부지를 혼내듯 소리를 질렀다. 데이비드는 감정을 억제하기 힘들었다. 마음이 상할 대로 상해버려서 전화를 끊고 술 한잔을 걸치러 나갔다. 서른아홉 살이면 아버지와의 문제는 스스로 해결할 나이였다. 하지만 이튿날 아침, 데이비드는 어머니에게 전화를 걸었다. "어머니, 런던에 오실 수 있어요? 다시 해볼게요."

새로 그린 그림에서는 인물들 사이에 그려 넣었던 인

위적인 삼각형을 없앴고 테이블 위 거울 속에 비친 자신의 모습도 빼버렸다. 주제인 부모님에게서 관객의 시선을 빼앗는 요소들이었기 때문이다. 특히 기복이 심한 아버지에게는 마음대로 자세를 취하게 했다. 결국 아버지는 무릎 위에 펼쳐놓은 두꺼운 전시회 도록을 아무 데나 펼쳐서 읽는 모습으로 표현되었다. 까치발을 하고 있어서 마치 움직이는 것 같고 도록에 완전히 빠진 모습이다. 아버지는 갑자기 생생해졌다. 어머니는 첫 번째 버전과 같은 자세로 관객을 마주 보고 있다. 관절염 증세가 선명히 드러난 양손을 무릎 위에 올려놓은 그녀의 얼굴은 더 온화해 보인다. 그녀는 데이비드가 많이 좋아하는 파란색, 달려가고 싶게 만드는 그 선명한 파란색 원피스를 입고 다리를 꼬지 않은 채 앉아 있다. 환한 그림은 멜랑콜리한 분위기를 풍기지만, 다행히도 데이비드의 부모님은 눈치채지 못한 듯했다. 두 노인은 서로 이어져 있지만 각자의 고독 속에 갇혀 고립되어 있다. 데이비드는 이 작품을 완성하고 자신이 바랐던 방향과는 다른 모델 역할을 부모님이 하셨구나 싶었다. 같이 늙어가면서도 혼자인 부부.

 이 작품은 사실주의풍으로 완성한 2인 초상화 중 마지막 작품이 된다. 헨리와 그레고리가 열심히 부모님에게 설명하고 있는, 두 개의 초상화는 아주 달랐다. 〈푸른 기타를 그리고 있는 자화상〉에서 데이비드는 푸른 기타를 그리는 중이다. 이 그림은 바로 옆에 걸린 작품 〈미완성 자화상과 모델〉 속에 나온다. 데이비드는 파란 실내 가운을 입고 침대에서 잠든 남자(그레고리)를 전면에 배치했다. 두 작품에도 사연이 있다. 지난여름, 데이비드가 부모님의 초상화를 다시 그리기 시작했을 때 헨리를 파이어 아일랜드로 데려간 적이 있었다. 뉴욕에서 두 시간 거리에 있는 이 섬에는 동성애자 커뮤니티가 크게 있었다. 어느 날 오후 둘이서 긴 의자에 앉아 있을 때 헨리가 월리스 스티븐스가 피카소의 그림을 보고 지었다는 시를 한 편 읽어주었다. 흰 리넨 소재로 만든 스리피스 슈트를 입고 있던 그들은 바로 앞 수영장에서 맨몸을 드러낸 채 놀고 있는 미소년들과 대조를 이루었다. 시는 서른세 개의 절로 되어 있어 아주 길었다. 헨리가 처음으로 읊는 시구는 데이비드를 흔들어 재우듯 쾌락의 섬과 시끄러운 다이빙 소리에서 그를 아주 멀리 데려갔다. 데이비드는 특히 첫 번째 시구에 충격을 받았다. "그들은 그에게 말했네 / '네 기타는 푸르구나. 너는 / 있는 그대로 연주하지 않는구나.' / 그가 대꾸했네 / '푸른 기타로 연주하면 / 모든 것이 변해요.'" 다른 시구들에도 관심이 갔다. "나는 정말 둥근 세상을 표현할 수 없다네 / 되는 대로 끼워 맞춘다 해도." "색깔은 기분에서 / 자라는 생각이네." 마지막 시구는 아주 아름다웠다. "낮에 우리는 잊어버릴 거라네 / 상상의 소나무, 상상의 어치를 / 연주하기로 한 때만 빼고."

헨리의 시 낭송을 듣고 있자니 데이비드는 마치 자신에 대한 열쇠를 건네받는 느낌이었다. 그는 스티븐스가 (피카소를 비롯한 화가들에 대해) 말하려는 걸 정확히 이해했다. 푸른 기타는 '대상을 있는 그대로' 연주할 수 없는 예술가의 재능을 상징했다. 그 대상은 스스로 존재하는 것이 아니라 표상으로만 존재할 수 있기 때문이다. 푸른 기타는 데이비드의 부모님에게는 없는 바로 그것이었다. 그것이 없었기 때문에 두 분의 삶은 우울했다. 데이비드는 태어날 때부터 푸른 기타(세상을 상상하고 '가공하는' 힘)를 받았다. 그는 부모에게, 자연에, 삶에, 신에게 감사해야 한다. 그의 재능은 그 무엇보다 소중했다.

〈미완성 자화상과 모델〉은 상징성이 높다. 데이비드가 그림 속에 있고 침대에 잠든 인물과는 달리 후면에 배치되어 있으며 화폭에 그려진 모습이다. 그는 작가로서 그레고리나 부모님과는 떨어져 다른 공간에 있다. 데이비드는 자신의 삶이 대부분의 사람과 다르리라는 걸 깨달았다. 연인과 안정적인 관계도 유지할 수 없을 것이다. 그는 미술과 결혼했으니까. 피터와 달리 그레고리는 데이비드가 작품에 완전히 몰입하는 것을 받아들였다. 데이비드도 그레고리가 다른 남자를 사귀고 다니는 걸 인정했다. 그들은 개방적인 커플이었고, 그러자 모든 것이 쉬워졌다. 실망도, 질투도, 분노 폭발도 없었다. 그들의 계약으로 데이비드는 초연해졌고, 피터를 봐도 아무렇지 않을 정도였다. 그는 피터에게 작은 일을 주곤 했다. 그레고리가 어딜 가야 할 때면 옛 연인 피터가 대신 모델이 되었다. 〈미완성 자화상과 모델〉에서 사는 남자의 발은 피터의 발이다. 데이비드는 이젠 아무런 감정 없이 그 발을 바라볼 수 있게 되었다. 시간이 약이 된 것이다. 물론 피터와 다시 사랑을 나누어도 나쁠 건 없었다. 피터는 원하지 않았고, 데이비드는 체념했다. 그는 마흔 살에 자신을 있는 그대로 받아들였고, 삶이 그에게 준 것과 주지 않은 것을 그대로 받아들였다.

삶은 그에게 무척 관대했다. 데이비드는 특별한 자유를 누렸다. 얼굴이 너무 알려진 파리를 떠나 런던에 다시 정착한 그는 피터(그리고 오시, 모, 자신이 없을 때 쳐들어와 아파트를 엉망으로 만든 약쟁이 무리)와 함께 살았던 아파트를 처분하고 같은 건물 꼭대기에 있는 다른 아파트를 샀다. 작년에 데이비드는 로스앤젤레스의 샤토 마르몽 호텔에서 한 달을 지내며 캘리포니아에서 사는 기쁨을 다시 맛봤다. 그는 가을 내내 뉴욕에서 지낼 예정이었다. 파이어 아일랜드, 프랑스, 이탈리아, 그리고 그보다 먼 타히티를 거쳐 두 형이 사는 오스트레일리아, 뉴질랜드, 그리고 카스민과 인도(그는 카스트 제도와 심한 빈부 격차에 충격을 받아 여행을 즐기지 못했다)에서 휴가를 보냈다. 데이비드는 곧 이집트에 다시 갈 생각이었다. 거의 매년 런던, 뉴욕, 로스앤젤레스, 파리, 베를린 등 여러 나라에서 그의 개인전과 단체전이 열렸다. 그는 마치 택시를 타듯 비행기를 타고 세상을 누볐다.

그에게는 무엇보다 친구들이 있었다. 두 대륙에 수년 혹은 수십 년 전에 만나 끈끈한 우정으로 뭉친 진정한 친구들이 있었다. 그를 매일 찾아와주고 그와 여행도 떠나

주는 소중한 친구들이었다. 데이비드는 명성을 이용해 특히 런던의 게이 커뮤니티를 옹호했다. 로스앤젤레스에서 돌아오는 길에 포르노라는 이유로 『피지크 픽토리얼』을 비롯해서 비슷한 잡지들을 압수한 세관에 맞서 싸웠다(그는 그대로 당하지만은 않아서 무척 뿌듯했다. 매일 전화를 걸어 점점 더 높은 책임자와 「위뷔왕Ubu roi」에나 나올 법한 부조리한 대화를 나누며 싸우고 소송을 걸겠다고 위협한 끝에 결국 잡지들을 돌려받았다. 여왕의 세관을 이겨먹은 것이다). 또 한 번은 한 게이 잡지가 그의 나체 사진을 실었고, 경찰이 출동한 게이 전문 서점을 공개적으로 옹호했다.

데이비드는 재미있게 살았다. 그보다 더 재미있게 살기도 힘들 것이다. 파이어 아일랜드에서 보낸 휴가는 상상을 초월했다. 파티는 오후 다섯 시에 차를 마시며 시작되어 밤새 계속되었다. 섹스와 포퍼스, 코카인, 쿠알로드 같은 마약이 난무했다. 사람들은 정신을 놓고 흥분했고 가난한 사람과 백만장자가 평등하게 (진짜 서열은 외모였으니 백 퍼센트 평등한 건 아니었지만) 춤, 파티, 광기에 섞여들었다. 눈에 보이는 모든 아름다움은 데이비드처럼 관찰하기 좋아하는 사람에게는 그야말로 행복이었다. 뉴욕에서는 인맥이 넓은 모델 친구 조 맥도널드를 따라 게이 클럽 스튜디오 54와 램로드, 그리고 사우나에 가봤다. 그는 자신이 아는 남자 중 가장 잘생긴 조가 연극인지 현실인지 구분이 안 될 정도로 마구 남자들에게 추파를 던지는 모습을 바라보는 것이 가장 즐거웠다. 운명은 데이비드에게 VIP석을 예약해두었다. 그는 그 자리를 다른 누구와도 맞바꾸고 싶지 않았다.

마흔 살이 된 1977년 7월, 그는 현재의 상태가 좋아 끝까지 자기 모습 그대로 살기로 했다. 동성애자로서 입장을 밝혔던 그는 구상화가로서의 지위를 요구하기 시작했다. 지난해 테이트 모던 미술관이 칼 안드레Carl Andre의 작품을 사들였을 때 런던 미술계와 대중은 첨예하게 대립했다. 벽돌 백이십 개로 긴 육면체를 쌓아 올린 작품 〈등가 Ⅷ〉이었다. 테이트 모던 미술관이 벽돌 더미에 수천 파운드를 쏟아부어 국민의 혈세를 낭비했다는 비난 기사가 연일 쏟아졌다. 그때 관장은 동시대에 이해받지 못하고 욕을 먹었던 입체파를 거론하며 미술관의 입장을 변호했다. 헤이워드 갤러리에서 개최하는 연례 전시회와 때를 같이 하여 스코틀랜드 기자 파이프 로버트슨은 영국 국영방송 BBC의 인기 프로그램이던 「로비」에서 영국의 현대 미술을 다루며 데이비드를 초청했다. 파이프 로버트슨은 미니멀하고 추상적인 미술을 싫어했다. 대중을 속인다는 이유였다. 그는 'fart(방귀)'의 동음이의어인 'phart'라는 혼성어를 만들었는데 'phony(사기)'와 'art(미술)'를 합쳐놓은 말이었다. 그런 그가 데이비드의 작품들이 걸린 전시실로 들어서면서는 다시 살아나는 듯한 느낌을 받았다. 그것은 빛과 생명, 인간성의 오아시스였다.

데이비드는 기자가 공격한 동료 화가들의 편을 들지 않

고 오히려 헤이워드 갤러리가 몹시 지루한 작품을 많이 전시하는 게 사실이라고 인정했다. 그는 텔레비전에 나가서, 그림에는 주제라는 게 있어야 하고 무언가가 표현되어야 한다고 말했다. 그는 밧줄로 만든 플래너건의 작품을 본 어머니의 반응도 말했다. 또 그는 이런 게 진짜 문제라고 생각한다고 덧붙였다. 런던의 미술 평론가들은 아이디어와 이론에 관해서만 떠들고 자기들끼리 근친상간적인 작은 무리를 만들어서 활동한다고 비판하면서 그들이 업신여기는 제작과 수공업도 작품에 포함되며 토론의 대상이 되어야 한다고 주장했다. 데이비드는 엘리트집단과 대중이 너무 많이 떨어져 있다고 말했다. 왜 소수만 이해할 수 있는 추상적 작품만 '진지한' 예술로 인정받는 것인가? 예술은 모두를 위한 것이 아니었던가? 『아트 먼슬리Art Monthly』를 위해 피터 풀러와 인터뷰를 했을 때도 데이비드는 비슷한 말을 했다. 거기에 테이트 모던 미술관의 컬렉션은 정말 보잘것없다고 덧붙였다.

그는 자기 생각을 말하는 걸 두려워하지 않았다. 평론계에 폭탄을 떨어뜨리는 것도 무섭지 않았다. 예술은 예술가의 것이지 이론가의 것이 아니었다. 그가 대세를 따르지 않는 사람이라는 게 새삼스럽지는 않다. 그는 스캔들로 자신의 작품이 주목받는 것도 신경 쓰지 않았다. 그래도 가을에 런던을 떠나 뉴욕으로 피신할 수 있어 좋았다. 그곳에서는 조용히 그림에만 몰두할 수 있었다. 10월이 되자 그의 뉴욕 갤러리스트인 앤드루 에머리치의 갤러리에서 개인전이 열렸다. 런던과 같은 작품들이 전시되었고 새로운 작품은 데이비드가 그사이 완성한 작품 한 점이 전부였다. 헨리가 칸막이에 붙여놓은 복제품들을 보는 그림이었다. 개막식 날 저녁, 57번가 갤러리는 문전성시를 이루었다. 힐턴 크레이머Hilton Kramer까지 오자 앤드루는 떨 듯이 좋아했다. 미국의 가장 위대한 평론가가 데이비드와 분위기 좋게 담소를 나누자 그들을 둘러싼 사람들은 평론가의 말을 경건하게 경청했다. 크레이머의 이름은 사람들에게 존경심을 불러일으켰다. 미술 평론 분야에서는 그가 신이었다. 그가 나타나는 것만으로도 최고라는 인정을 받을 수 있었다. 갓 마흔 살이 된 데이비드가 더는 무시 못 할 작가가 되었다는 게 분명해진 순간이다.

며칠 뒤, 앤드루가 아침 일찍 데이비드에게 전화를 걸어왔다.

"크레이머의 기사가 났어. 데이비드, 미안해. 그가 우리를 조롱했어."

데이비드는 눈살을 찌푸렸다. 이럴 줄은 몰랐다. 개막식 행사에서 크레이머는 데이비드의 작품을 좋아하는 것처럼 보였었다.

"그렇게 안 좋아?"

"인정머리라고는 없어. 믿을 수 없는 놈이야. 도대체 왜 이러는지 모르겠어. 영국인이 싫거나 네가 성공하는 게 싫은가 봐. 네 명성이 그의 손에 좌지우지되는 게 아니니 다행이야. 다른 기사들은 칭찬 일색이고 작품도 다 팔렸다고."

"앤드루, 내가 붓을 잡은 지도 이십오 년이야. 내 가치를 결정할 사람은 크레이머가 아니라고. 그리고 내 생각에 그 사람도 이제 한물갔어. 공격을 받으니 오히려 기분 좋은데!"

데이비드는 전화를 끊자마자 『뉴욕 타임스』를 사러 뛰어갔다. 그는 헨리의 집 근처에 얻은 아파트로 돌아오는 내내 기사를 읽었다. 크레이머는 겉치레로 칭찬 먼저 했다. 갤러리에 전시된 작품들은 대중에게 정말 유쾌하고 기분을 전환시켜주며 재미있다고 글을 시작했다. "그런데 왜 나는 그 작품들이 가식적이고 심지어 반동적이라고 느껴지는 것일까?" 그는 데이비드의 작품이 하류 모더니즘으로 치장한 19세기 살롱 미술이라고 평했다. 예전에는 부르주아의 취향을 모욕했던 요소들로 구성한 '부르주아 예술'의 당당한 귀환이라고도 했다. 그리고 데이비드가 월리스 스티븐스의 상상력을 제대로 표현하기에는 깜냥이 안 된다는 암시를 남기며 글을 마쳤다.

데이비드는 웃음을 터뜨렸다. 크레이머는 그를 완전히 깔아뭉개려 했다. 수사학적 질문이 가득한 기사는 변태적이었다. 그것은 살인이었다. '진지함 대 재미'라는 고리타분한 이분법을 그럴듯한 문장으로 덧씌웠을 뿐이다. 데이비드는 기사를 오려서 아틀리에 벽에 붙였다. 평론가들의 어리석은 실수, 그리고 창작자와 평론가 사이에 존재하는 메울 수 없는 심연을 기억하기 위해서. 물론 평론가들은 재미의 개념을 거부한다. 그들은 일찍부터 신랄함과 남을 깎아내리는 재주 말고는 아무것도 가진 게 없어 남의 성공을 증오한다. 허영에 가득 찬 말로 꾸며서 인위적인 성공만 만들어낸다.

조금 있다가 헨리가 전화했다. 기사를 읽었다고 했다. 그는 유감이라면서 데이비드가 너무 맘 상하지 않았는지 궁금해했다. 헨리의 배려에 데이비드는 오히려 짜증이 났다. 그것 자체가 평론가의 힘을 보여주기 때문이다. 데이비드는 사람들이 속으로는 쾌재를 부르고 겉으로는 동정하는 척하면서 자신의 반응을 궁금해하겠구나 싶었다. 그리고 이제는 낙인이 찍혔겠다 싶었다. 악의는 보편적이고 성공은 질투를 부른다. 데이비드는 헨리를 안심시켰다. 크레이머는 그에게 아무런 상처도 내지 않았다고.

"너도 알다시피 내가 몇 년이나 고민했던 작품들을 가식적이라고 했어. 그런 비평이 어딨어? 뭐, 놀랍지도 않지만. 좁은 미술계에서 적을 만든 건 나니까. 크레이머가 『아트 먼슬리』의 인터뷰를 읽은 게 틀림없어. 자기들 밥그릇을 지키는 거지."

데이비드는 해결해야 할 더 중요한 문제들이 있었다. 어디서 살아야 할까? 어느 도시에 그레고리와 함께 정착해서 작업을 시작할 수 있을까?

데이비드는 친구 조 맥도널드, 심지어 피터(다행히 그레고리는 질투심을 느끼지 않았다)까지 데리고 갔던 이집트에서 돌아온 봄부터 이 문제에 매달렸다. 런던 생활도 좋았지만 너무 바빴다. 찾아오는 친구도 많았고 인터뷰를 요청하는 기자도 많았다. 부탁을 해오는 사람들도 많았다(책 표지, 파티 초대장, 자선 파티 포스터를 그려달라고 했다). 데이비드는 숨이 막혔다. 하지만 거절도 못 했다. 1976년에 자서전『나의 어린 시절My Early Years』을 출간했고, 1977년 여름에는 헤이워드에서 전시회를 열었다. 1978년에는 글라인드본 오페라 페스티벌에 올라갈「마술피리」의 무대를 맡았다. 이런 활동을 하며 데이비드는 너무 유명해졌다. 현재를 불평할 수는 없었지만 캘리포니아에서 지내던 때가 그리웠다. 피터와 함께 산타 모니카에 살 때, 아는 사람이 많지 않았을 때가 좋았다. 데이비드는 일 년 동안 열일곱 작품을 완성했다. 마흔한 살에 어디서 그런 고독을 다시 찾을 수 있을까? 런던에서는 불가능했다. 천창이 있는 새 아파트는 도통 마음에 들지 않았다. 실내는 밝았지만 밖이 보이지 않으니 외로움만 느껴졌다.

  답은 로스앤젤레스로 정해졌다. 헨리는 전화로 "피터와 보낸 시절이 그리워서 그러는 것뿐이야"라고 말했다. 데이비드는 처음으로 헨리가 틀렸다고 생각했다. 어렸을 때는 그림 그릴 종이가 없었다. 지금은 명성을 얻었지만 그림이 탄생할 여백이 없었다. 오페라 두 작품의 무대를 연이어 맡고 과거와 화해한 그는 그림을 그리기 위해 홀로 있을 공간이 필요했다. 로스앤젤레스에 가면 그는 거의 일반인이었다. 도시가 워낙 넓어서 사람을 만날 기회도 거의 없었다. 그의 본능이 그곳으로 떠나라고 말했다.

데이비드는 로스앤젤레스로 가는 도중에 면허증을 갱신하러 (헨리와 조 맥도널드도 만날 겸) 뉴욕에서 며칠 머물러야 했다. 그런데 캘리포니아를 떠나 뉴욕 교외로 이사한 인쇄업자가 자신이 개발한 신기술을 보러 꼭 와야 한다고 고집을 부렸다. 종이 펄프에 컬러를 인쇄하는 기술이었다. 물에 넣은 펄프를 밟아 직접 종이를 제작해야 해서 오염이 많이 발생하는 기술이었다. 고무장화에 고무 재질의 긴 앞치마를 입은 데이비드와 인쇄업자는 과자 틀과 비슷한 형태의 금속 틀을 제작해서 종이에 그림을 인쇄했다. 데이비드는 온종일 이 작업만 했다. 그리고 그다음 날 다시 찾아가고, 그다음 날 또 찾아갔다. 결국 그는 출발 날짜를 미루기로 했다. 그는 열여섯 시간이나 연속해서 일할 정도로 열심이었다. 잠깐 멈춰 서서 끼니를 때우고 8월의 찌는 듯한 날씨에 열기를 식히러 수영장에 뛰어드는 게 다였다. 인쇄된 색은 놀라웠다. 무척 선명하고 강했다. 데이비드는 우선 선명한 색의 대가 반 고흐를 기리며 해바라기 연작을 그렸다. 그러고 나서 어떻게 주제를 다양하게 할까 고민하고는 수영장을 떠올렸다. 이게 다시 파란색을 사용하는 계기가 되었다. 그는 저녁이 되면 뉴욕행 기차를 탔다. 헨리와 저녁을 먹거나 조와 외출했다가 자정이 되면 신데렐라처럼 사라졌다. 베드퍼드에 돌아가려면 다음 날 일찍 일어나야 했다. 할 수만 있었다면 아예 밤을 꼴딱 새웠을 것이다. 그는 한 달 반 만에 종이 펄프로 서른 점의 수영장 그림을 완성했다. 그러던 어느 날 아침 모든 작업이 끝났다. 재미를 다 소진한 것이다. 그는 드디어 로스앤젤레스로 날아갔다.

로스앤젤레스의 열기는 뉴욕보다 건조했다. 데이비드는 희고 낮은 집들, 완벽하게 정돈된 잔디밭이 늘어선 널찍한 대로, 파란 하늘과 바다, 재스민 향과 대마초 냄새가 나는 공기, 무성한 나무들과 재회하며 행복을 만끽했다. 조수가 밀러 드라이브에 작은 아파트를, 그리고 웨스트 할리우드의 산타 모니카 대로에 아틀리에를 구해줬다. 파리에서 만난 남자와 마드리드로 놀러 간 그레고리가 그리웠지만 고독이란 생각에 잠기고 조용히 작업할 수 있게 해주는 장점도 있었다. 데이비드는 드디어 대형 작품을 구상했다. 로스앤젤레스에서 느린 속도로 자동차를 타고 갈 때 볼 수 있는 거리 풍경을 그릴 작정이었다. 자신의 아틀리에가 있는 산타 모니카 대로처럼 긴 그림이 될 거고, 관람객은 데이비드 옆에 앉아서 그의 컨버터블을 타고 가는 듯한 느낌을 받을 것이다. 뉴욕에서 휴식을 마치고 온 데이비드는 창작열이 넘쳐흘러 작업을 시작했다. 얼마 뒤에 그레고리가 멋지게 그을린 모습으로 마드리드에서 돌아왔다. 자신이 모험을 떠나도록 배려해준 데이비드에게 고마워 그에 대한 애정이 더 커졌다. 재회는 즐거웠다. 새로운 작품의 초안을 본 그레고리는 흥분을 감추지 못했다.

가을, 샌프란시스코 아트 인스티튜트에서 일주일에 이틀씩 강의를 나갔던 데이비드는 소년보다 더 부드러운 대학생들의 목소리가 들리지 않는다는 사실을 깨달았다. 병원에 갔더니 우려했던 진단이 나왔다. 청각이 떨어져 이미 청력의 이십오 퍼센트를 잃었다고 했다. 잃어버린 청력은 회복되지 않는단다. "여자애들 목소리가 안 들려? 문제가 뭐야?" 헨리는 농을 쳤다. 문제는 점점 심각해질 것이고, 결국 아버지처럼 청력을 완전히 상실할 것이다. 생각만 해도 우울했다. 의사는 보청기를 오른쪽에 낄 건지 왼쪽에 낄 건지 물었다.

"양쪽에 다 끼면 더 잘 들릴까요?"

"네, 하지만 보통 한쪽만 끼죠. 그렇게 해야 눈에 잘 안 띄니까요."

데이비드에게 중요한 건 하나밖에 없었다. 아틀리에와 자동차에서 아침저녁으로 듣는 음악만 들을 수 있으면 되었다. 그는 보청기 두 개를 주문했다. 한 개는 주홍색으로, 다른 한 개는 선명한 파란색으로 칠했더니 그레고리가 섹시하다고 말해줬다. 동성애자라는 사실을 숨기지 않았듯이 귀가 잘 안 들린다는 사실도 숨길 이유가 없었다. 데이비드는 이렇듯 긍정적이었고 그 태도는 평생 변하지 않았다.

긍정적인 태도는 그를 성공으로 이끌었다. 1979년 2월에 코번트 가든의 웨어하우스 갤러리에서 종이 펄프로 제작한 수영장 연작 전시회가 열렸다. 일 년 전만 하더라도 그를 깎아내렸던 평론가들이 그의 신작을 모네의 수련에 비교했다. 겨우? 평론가의 칭찬은 공격만큼이나 관심을 기울일 만한 게 못 되었다. 이 연작을 제작하며 느낀 즐거움만이 의미가 있었다. 데이비드는 일에서든 삶에서든 즐거움이 유일한 나침반이라고 확신했다. 즐거움과 가식을 같다고 여겼던 평론가들이 이번에는 과도한 칭찬을 쏟아부었다. 그들의 모순된 태도 변화(일관성의 부재가 더 맞겠다)에 데이비드는 만족했지만 그가 그림을 그리는 건 평론가들을 위해서가 아니었다. 그는 자기 자신을 놀라게 하는 것 외에는 바라는 게 없었다.

데이비드는 성공의 기쁨을 부모님, 그리고 형 폴과 함께 나누었다. 그는 부모님과 형을 런던으로 초대해서 사보이 호텔에 묵게 했다. 그리고 이틀 동안 가족에게만 시간을 쏟았다. 최고의 레스토랑에서 식사하고 브래드퍼드 시절처럼 팬터마임도 보러 갔다. 데이비드도 자식이 부모의 부모가 되는 나이가 되었다. 아버지는 처음으로 불평 한마디 하지 않았고, 어머니는 해로즈백화점에서 원피스를 사드리자 스무 살 처녀처럼 기뻐했다. 데이비드는 사랑하는 어머니를 기쁘게 해드릴 수 있어서 행복했다. 말도 없고 아이처럼 고집도 세고 당뇨병 약을 잘 챙겨 먹지 않으며 한 달에 한 번씩 투석하러 병원에 가야 하고 아내의 근심 따위는 아랑곳하지 않는 남편 옆에 살면서 하루하루가 힘들었을 어머니였다. 게다가 런던에서 잠깐 머물고 돌아간 뒤에도 같은 문제가 반복되었다. 아버지가 또 못된 습관 때문에 병원에 입원했다.

로스앤젤레스로 돌아간 다음 날, 새벽 여섯 시에 전화

가 울렸다. 수화기를 들자 형의 목소리가 들렸다. 데이비드는 나쁜 소식일 거라고 직감했다. 간밤에 아버지가 갑작스러운 심장 발작으로 돌아가셨다는 소식이었다. 데이비드는 통곡했다. 어머니가 아버지의 입원 소식을 전했을 때만 해도 데이비드는 걱정하지 않았다. 링거를 맞고 있으니 늘 그렇듯 멀쩡히 퇴원할 거라고 생각했다. 며칠 전 런던에서 사방을 누비며 노령에도 사그라지지 않은 호기심에 가득 차서 주변의 모든 것을 기웃거리던 노인이 세상을 떠나리라는 상상은 단 한순간도 하지 않았다. 아버지와 나누지 못했던 대화는 결국 못하게 되었다. '결국'이라는 말이 새로운 의미를 띠었다. 과거가 아니라 미래로 열린, 영원을 포함하는 말이 되었다. 이제 다시는 아버지를 볼 수 없었다. 아버지는 지구상에서 사라졌다. 살아생전만큼이나 닿을 수 없는 존재가 되었다.

    데이비드는 가장 빠른 콩코드 비행편을 예약해서 유럽으로 날아갔다. "슬픔에 잠긴 집에 왔구나." 브래드퍼드에 도착한 데이비드를 보자 어머니가 말했다. 데이비드는 어머니를 두 팔로 안았다. 작고 연약한 어머니, 이제 혼자가 된 어머니를 데이비드는 그 어느 때보다 가깝게 느꼈다. 그는 장례식에서 한마디도 하지 않았다. 어머니는 아버지가 입원한 다음 날 면회를 가지 않은 본인을 용서하지 않았다. 얼마 전 눈 폭풍이 몰아치더니 브래드퍼드를 하얗게 물들였다. 기온은 영하로 떨어졌다. 아버지는 아내에게 병원에 오지 말라고 말했다. 이런 추위에 나왔다가 자신이 퇴원할 때쯤 병이라도 나면 어쩌냐면서. 아버지는 가족과 멀리 떨어져 병원 침대에 누워 있으면서도 아내를 염려했다. 남편이 낯선 곳에서 혼자 죽게 했다. 편하게 있고 싶은 유혹에 넘어가는 바람에 하늘이 남편을 데려갔다. 어머니는 이런 생각을 밖으로 꺼내지는 않았지만 어머니의 눈빛만으로도 짐작할 수 있었다. 데이비드는 어머니를 그리는 것 말고는 아무것도 할 수 없었다. 마치 연필 끝에서 어머니의 슬픔을 추출할 수 있기라도 하듯이. 그는 자신이 그렸던 부모님의 초상화를 생각했다. 그것은 고독과 침묵의 이미지였지만 그가 틀렸다. 아버지는 세상에서 가장 소통을 잘하는 남자도 아니었고 이기주의에 불평 많은 남자였지만 항상 아내 곁에 있었다. 오십 년 동안 아내는 한 번도 혼자인 적이 없었다. 반면 어머니를 사랑하고 그 누구보다 어머니를 잘 이해한다고 생각했던 아들은 일주일 뒤에 어머니 곁을 다시 떠나야 했다.

그는 로스앤젤레스에서 어머니에게 편지를 썼다. "어머니는 인생의 동반자를 참 잘 골랐어요. 아버지는 어머니처럼 선한 사람이었어요. 두 분의 조합은 기가 막혔고요. 그러니까 슬퍼하지 말아요." 어머니의 슬픔을 덜어주려고 쓴 이 말은 데이비드 자신의 아픔도 덜어주었다. 그들은 진실한 사람들이었다. 데이비드는 절망할 이유가 없다고 생각했다. 일흔다섯 살에 생을 마감한 아버지는 장수했고 충만한 삶을 살았다. 좋은 아버지에 좋은 남편이었고 마음에 불을 지피는 대의(흡연, 전쟁, 핵에 반대했다)를 위해 싸웠다. 그는 자식들에게 고집스러움을 물려준 의지 강한 남자였다. 그는 자식들을 통해, 그리고 그들의 기억 속에 여전히 살아 있었다. 그는 죽었지만 그의 투쟁 정신은 죽지 않았다. 데이비드도 그 정신을 물려받아 장례식이 끝나고 런던에 들렀을 때 테이트 모던 미술관의 구매 정책을 알아보았던 것이다. 미술관(그의 작품 두 점을 아주 오래전에 샀다)이 자신의 수영장 작품 한 점을 좋은 가격에 살 기회를 흘려보냈다는 것을 알고 난 뒤였다. 데이비드는 『옵서버 The Observer』와의 인터뷰에서 아버지의 죽음이 마음속에 남긴 쓸쓸함을 내비쳤다. 「테이트 모던에는 기쁨이 없다」는 기사에서 그는 영국 현대 미술의 모든 흐름을 대표해야 할 미술관 관장이 영혼 없는 이론적인 흐름에만 관심을 보인다고 비난했다.

런던 전시회와 아버지의 죽음 사이에 몇 주가 흘렀고, 데이비드의 정신은 진행 중이던 작품에서 멀어져 표류했다. 로스앤젤레스로 돌아가 안쪽 벽에 큰 그림이 걸린 아틀리에에 들어갈 때는 그림을 다시 그리고 싶었다. 낮고 색이 칠해진 직육면체 빌딩들, 새파란 하늘, 넓은 보도, 야자수와 야자수들이 만든 그늘이 있는 산타 모니카였다. 거기에는 인물이 몇 명 등장한다. 청바지에 흰 민소매 티를 입고 농구화를 신은 흑인이 문에 기대 서 있고, 야구모자를 쓰고 조깅 나왔던 여자는 기둥에 기대어 쉬고 있다. 길을 걷는 행인과 매물로 나온 자동차 가격을 보며 카트를 끌고 가는 사람도 있다. 이 그림에는 캘리포니아의 대비가 강하고 날것의 느낌이 나는 색들이 쓰였다. 이렇게 지루한 그림은 처음 봤다. 데이비드는 이미 두 번이나 느꼈던 실망감을 그림에서 또다시 느껴졌다. 한 화가의 초상화를 그렸을 때와 부모님의 초상화를 그렸을 때였다. 그러다가 갑자기 무엇인가 감이 와서 최고로 평가받는 작품 두 점을 완성했다. 참을성을 갖고 자신을 믿어야 했다. 패배감은 창작 과정의 일부이다. 화가, 음악가, 작가 등 모든 예술가가 아는 사실이다.

어머니의 방문으로 데이비드는 걱정에서 빠져나올 수 있었다. 데이비드는 어머니가 오스트레일리아에 있는 아들 둘을 만날 수 있도록 비행기 표를 준비했다. 아들 중 한 명은 아버지 장례식에 오지 못했었다. 어머니는 오스트레일리아에서 한 달을 보내고 돌아가는 길에 로스앤젤레스에 들렀다. 어머니는 로스앤젤레스가 처음이었다. 영국은 부활절 연휴 기간이었다. 데이비드는 런던 친구인 앤과 그녀의 아들 바이런도 초대했다. 따뜻한 사람인 앤과 열세 살 소년과 함께 있으면 어머니의 기분이 나아지리라고 생각했기 때문이다. 상중인 어머니는 때때로 넋이 나간 듯 보였지만 언제나처럼 무엇에든 감탄했다. 특히 매일 맑고 따뜻한 날씨를 좋아했다. 어느 날은 이렇게 물었다. "해가 쨍쨍한데 왜 밖에다 빨래를 널지 않는 거지?" 세탁기와 건조기의 나라에서 그런 질문은 웃음을 터뜨리게 했다. 미국에서는 손빨래를 할 수 있다는 것과 바람에 빨래를 말릴 수 있다는 걸 모르는 사람이 대부분이다. 어렸을 때 직접 빨래도 했던 데이비드는 그런 생각이 한 번도 안 들었다는 게 의아했다. 그러니까 그는 어머니보다 타락한 것이었다. 그는 어머니가 바람에 펄럭이는 빨래가 없다는 사실에 놀라는 모습을 좋아했다. 크리스토퍼와 돈이 애들레이드 드라이브에 있는 에스파냐 스타일의 전통 가옥에서 주최한 파티에서 데니스 호퍼, 빌리 와일더, 토니 리처드슨, 이고르 스트라빈스키, 조지 쿠커, 잭 니콜슨 등 유명한 영화인, 예술가, 배우 등을 만나도 어머니는 놀랍게도 누가 누군지 잘 몰랐다. 그 대신 차 마시는 시간에 캐리 그랜트가 나타나자 어머니는 무척 좋아했다. 어머니는 그가 출연한 영화는 모두 봤다.

어머니의 아이 같은 순진함이 아들에게는 세상에서 가장 소중해 보였다. 아이만이 어른처럼 어리석은 근심에 빠지지 않고 세상을 그렇게 본다. 아이만이 음식 부스러기를 줍는 개미, 무당벌레, 나뭇잎에 떨어진 이슬방울, 물웅덩이, 조약돌을 관찰한다. 데이비드는 바이런이 옆에 있어서 좋았다. 이혼한 앤이 기르는 외동아들인 바이런은 어른처럼 말은 잘했지만 어린아이의 논리를 벗어나지는 못했다. 데이비드는 바이런이 나고 자라는 걸 지켜봤다. 노팅힐에 살 때 앤이 가까이 살았고 런던에 가면 자주 봤기 때문이다. 하지만 바이런과 이 주일 이상 같이 지내는 건 처음이었다. 어머니가 두드러진 빨강 머리이듯 바이런도 눈에 띄는 갈색 머리였다. 눈이 크고 잘생긴 이탈리아 남자 같은 바이런은 호기심이 많아 질문을 쉴 새 없이 해댔다. 하지만 다른 사람의 대화에 끼어들거나 침묵을 깨지는 않았으며 데이비드가 그림을 그릴 때면 방해하지 않았다. 카드 게임을 할 때면 어떻게든 이기고 싶어 했다. 데이비드는 바이런과 있으면 아버지가 된 것 같기도 했고 어린아이가 된 것 같기도 했다.

걱정이 없지 않았던 지인들과의 생활은 은혜롭고 경쾌해서 좋았다. 모두 사이좋게 지내서 캘리포니아는 어머니, 앤, 바이런 모두가 하루빨리 다시 오고 싶은 곳이 되었다. 데이비드가 저택으로 이사할 생각이니 그때는 더 안락하게 지낼 수 있을 것이다. 데이비드는 싱글 라이프와 커뮤니티 간의 완벽한 균형을 맞출 수 있는 로스앤젤레스에 아예 정착할 생각이었다. 여름에 그레고리가 할리우드 힐스에 집을 구할 것이다. 몽캄 애비뉴라고 불리는 막다른 골목 끝에 우거진 나무에 묻혀 있는 빌라는 그다지 안락하지는 않았지만 넓었고 여러 개의 방갈로와 수영장까지 있었다. 데이비드와 그레고리는 이곳으로 이사했다. 어머니와 앤, 바이런은 크리스마스에 오기로 했다.

데이비드는 메트로폴리탄 오페라단의 차기 상연작에 참여했다. 20세기 초에 작곡된 프랑스 음악 삼부작으로, 사티의 「파라드Parade」(1917년 초연 당시 피카소가 무대를 디자인했다), 프랑시스 풀랑크의 「티레시아스의 유방」, 모리스 라벨의 「어린이와 마법」을 묶고 「파라드」를 제목으로 정했다. 데이비드에게는 세 번째 오페라였고, 미국에서는 처음으로 참여하는 작품이었다. 대형 작품에 관한 해결책을 아직 찾지 못한 상태에서 그에게도 기분 전환이 필요했다. 무대 디자인은 회화보다 쉬웠다. 몇 시간 동안 오페라를 듣고 상상력이 돌아다니는 대로 내버려두면 되었다. 음악이 색과 형태를 정했다. 뉴욕의 연출가가 기둥, 밧줄, 조명까지 갖춘 무대 모형을 제작하도록 해줘서 작업이 더 즐거웠다.

크리스마스 휴가를 로스앤젤레스에서 보내러 온 바이런은 극장을 보고 신이 났다. 수풀이 우거져 너구리, 주머니쥐, 사슴을 끌어들이는 집, 아침부터 저녁까지 즐거운 비명을 지르며 물에 뛰어드는 강낭콩 모양의 수영장, 12월에도 수영을 할 수 있는 따뜻한 날씨, 그리고 데이비드가 자신의 창작물을 어린 관객에게 시험하기 위해 만든 놀라운 장난감 등 사춘기 소년은 모든 것에 매료되었다. 데이비드는 열네 살짜리 새 조수를 둔 셈이었다. 그레고리는 거의 매일 반복되는 공연이 지겨워 조수 자리를 내준 게 오히려 좋았다. 데이비드는 크리스마스에 자신이 가장 좋아하는 것을 함께 공유할 사람을 드디어 찾았다는 행복을 느끼며 바이런을 디즈니랜드에 데려갔다. 둘은 많은 놀이기구를 탔고, 데이비드가 가장 좋아하는 카리브해의 해적들을 마지막으로 즐겼다. 배가 어둠 속으로 들어가면서 쇠사슬이 짤랑거리는 소리가 나더니 뭔가가 무서운 소리를 내며 얼굴을 스쳤다. 그러자 바이런이 비명을 지르며 데이비드의 팔을 꽉 잡았다. 그러자 데이비드도 비명을 질렀는데, 무서워서가 아니라 재미있어서였다.

데이비드는 놀이기구의 경로를 꿰고 있었다. 이십 분 뒤에 벤치에 앉아 있는 백발 머리와 빨강 머리의 영국인 부인 두 명을 다시 만났을 때 바이런은 엄마도 같이 갔어야 했다고, 하나도 안 무서웠다고 말하며 앤에게 뛰어가 안겼다. 데이비드는 웃음을 지었다. 데이비드는 자식을 원하지 않았고 자식을 키울 시간도 없었을 것이다. 하지만 아이가 있었다면 바이런처럼 활달하고 호기심 많고 개방적이며 감수성 예민한 아이였으면 싶었다. 얼마 뒤 해가 지고 일행은 출구로 향했다. 두 여인은 서로 팔짱을 꼈고, 데이비드와 바이런은 솜사탕을 먹으며 앞에서 걸어가고 있었다. 그때 갑자기 앤이 웃음을 터뜨렸다. "둘이 쌍둥이 같아. 누가 더 어린지 모르겠어." 이보다 더 큰 칭찬이 있을까! 이 주가 쏜살같이 지나간 뒤 데이비드는 바이런에게 다음에는 그랜드캐니언에 데려가겠다고 약속했다. 아이의 눈이 반짝이더니 엄마를 돌아보았다.

"부활절에 와도 돼요?"

어른들이 웃었다.

"고마워, 데이비드. 앞으로 매일 이 질문을 듣게 생겼네. 아들, 올해 벌써 두 번이나 왔잖아. 로스앤젤레스가 코앞이니? 게다가 부활절에는 아빠랑 있어야 하고."

"열다섯 살 생일에 와, 바이런."

"한참 남았잖아요!"

데이비드는 다들 떠나보내고 슬펐다.

몇 달 뒤 영국으로 가는 길에 뉴욕에 잠시 들렀다. 막

개관한 뉴욕 현대미술관에서 피카소 회고전이 열렸기 때문이다. 피카소의 작품이 마흔여덟 개나 되는 전시실을 꽉 채웠다. 데생, 판화, 에칭, 그림, 조각 등 온갖 종류의 작품들이 있었고, 청색 시대, 장미 시대, 입체파 시대 등 모든 시기가 망라되어 있었다. 전시회 규모가 엄청났다. 피카소가 루브르 박물관의 모든 작품을 그린 것 같았고, 그가 피에로 델라 프란체스카, 페르메이르, 렘브란트, 반 고흐, 드가인 것 같았다. 한마디로 천재적이었고 모든 의미에서 거대한 작품 세계였다. 데이비드는 뉴욕에 닷새 동안 머물면서 매일 미술관에 갔다. 특히 그때까지 몰랐던 51번 작품, 〈한국에서의 학살〉을 보고 충격을 받았다. 피카소는 한국 전쟁이 한창일 때 고야의 〈1808년 5월 3일〉과 마네의 〈막시밀리안 황제의 처형〉에서 영감을 얻어 이 작품을 그렸다. 마치 로봇처럼 생긴 군인들이 총구를 겨누고 있고 그 앞에서 여자들과 아이들은 공포로 얼굴이 일그러진 모습으로 표현되었다. 이 작품에는 완벽한 구성, 다른 작품들의 인용, 시간의 의미, 인간성, 주제의 중요성 등 데이비드가 중요하다고 생각한 모든 것이 집약되어 있었다.

데이비드는 마흔세 살이 되어가고 있었다. 인생의 절반쯤 온 것이다. 십 년 전인 1970년에 화이트채플 갤러리에서 회고전을 연 이후 그는 무엇을 했나? 일은 많이 했다. 데생과 판화를 많이 했고 오페라 공연 무대 디자인을 세 번 했지만 그림은 몇 작품이나 그렸던가? 그는 화가로서 역사에 이름을 남기고 싶은 것인가? 아니면 무대 디자이너로 알려지기를 바라는 건가?

전시회에서 긍정적인 에너지가 뿜어져 나오자 데이비드는 오히려 슬프고 걱정스러웠다. 그림을 빨리 그려야 한다는 조바심이 온몸의 혈관을 타고 흘렀다. 여름을 보내러 런던에 간 뒤로 그는 오페라 무대에서 영감을 받아 음악을 주제로 그림 열여섯 점을 전속력으로 완성했다. 그의 목적은 한 가지였다. 방해받지 않고 대형 작품을 다시 시작할 수 있는 캘리포니아로 돌아가는 것이었다.

그가 돌아가는 날 연출가가 전화를 걸어 와 메트로폴리탄 오페라단의 파업으로 삼부작 공연이 연기된다고 알렸다. 데이비드가 무척 즐거운 마음으로 준비했던 공연이 어쩌면 취소될지 몰랐다. 그는 무거운 마음으로 아틀리에 문턱을 넘어 산타 모니카 대로를 바라보았다. 여름에 무엇이 잘못되었는지 이해하는 데 필요한 거리를 둘 수 있기를 바랐다.

그림은 생명이 없어 보였다. 재앙이었다.

아틀리에 한구석에는 데이비드가 전속력으로 그렸던 작은 그림이 있었다. 새로운 수채화 물감을 시험하려고 아무렇게나 그렸던 그림이다. 어쩌다 보니 협곡을 연상시키는 그림이 완성되었는데, 이제 와서 보니 거의 이 년을 들여 완성한 대형 작품보다 훨씬 생기 있고 흥미로웠다. 어느 날 헨리는 데이비드가 그림을 더 빨리 그렸으면 하는 마음에 작품에 들이는 시간과 결과는 아무런 상관관계가 없다는 말을 했었다. 역시 헨리의 말은 틀리는 법이 없었다.

데이비드는 조수에게 몸을 획 돌리며 손가락으로 〈산타 모니카 대로〉를 가리켰다. "저거 치워. 없애줘."

그날 밤 데이비드는 잠을 이룰 수 없었다. 어떻게 일 년 반 동안이나 결국 실패할 그림에 매달렸는지 이해할 수 없어 자꾸 뒤척였다. 그는 〈예술가의 초상〉과 〈나의 부모님〉을 처음부터 다시 그린 적이 있다. 그러나 〈산타 모니카 대로〉는 구제불능이었다. 확실했다. 그저 큰 그림을 그려야겠다는 잘못된 이유로 이 작품을 기획했던가? 그림도 피터와 함께 나를 떠나버린 걸까? 마음의 상처를 회복하면서 창작의 근원이었던 욕망도 버린 것일까?

그에게는 두 손과 두 다리, 두 눈, 그리고 나무랄 데 없는 테크닉이 있었다. 그러나 그가 결정할 수 있는 것은 아무것도 없었다. 어쩌면 푸른 기타를 잃어버린 건지도 몰랐다. 어쩌면 이제는 무대 (공연도 되지 않을 오페라) 디자인만 하게 될지도 몰랐다. 현실을 받아들여야 했다. 졸작을 그리느니….

데이비드는 지금도 아틀리에 벽에 붙어 있는 힐턴 크레이머의 기사와 또 다른 미국의 유명한 평론가인 클레멘트 그린버그Clement Greenberg가 십일 년 전에 데이비드의 개인전을 보러 에머리치 갤러리로 들어서며 한 말을 떠올렸다. "제대로 된 갤러리라면 이런 작품을 전시해서는 안 되지." 데이비드는 평론가들의 경멸과 '진지함'이라는 개념을 항상 가볍게 여겼다. 혹시 자신은 보지 못한 것을 그들은 본 게 아닐까? 갑자기 이런 생각이 들었다. 나는 정말 보지 못한 걸까? 크레이머의 평론은 훌륭한 화가가 되지 못할까 봐 두려운 나의 아킬레스건을 건드린 게 아닐까? 데이비드는 자신의 약점을 늘 인식하고 있었다. 그는 데생과 채색에서는 누구에게도 뒤지지 않았지만 그림은 어딘가 경직되어 있었다. 그는 피카소만큼 자유롭지 않았고 그렇게 되지 못할 것이다. 그는 자신의 관점을 적확하게 표현할 형태를 만들어내지 못하고 있었다. 게으르고 쉬운 답을 찾다가 결국 부르주아적인 자연주의의 관습에 다시 빠진 것이다. 사람들은 그가 19세기 작가처럼 사실주의적인 초상화를 그리는 데만 만족하리라고 생각했다. 크레이머가 맞았다. 데이비드의 새 작품이 가진 문제가 바로 그것이었다. 그의 그림은 그가 생각했던 무브망mouvement을 전달하지 못하고 무미건조한 사실주의에 머물렀다. 회화에서 사실주의는 실재가 아니라 규범일 뿐이다.

데이비드는 눈을 크게 뜨고 어둠 속에서 천장을 응시했다. 지난 크리스마스 때 바이런이 그림 앞에서 했던 말이 생각났다.

"좋긴 한데 그냥 이미지 같아요."

"이미지?"

"네. 진짜 같지 않아요. 너무… 똑발라요."

앤이 옆에서 거들었다. "무슨 말인지 알 것 같아. 가장자리에 나란히 있는 가로선들 때문이야." 당시에는 이 말에 별로 신경 쓰지 않았지만 그래도 적잖이 신경이 쓰인 모양이다. 지금까지 머리 한구석에 남아 있는 거 보니까. 바이런의 지적이 갑자기 빛처럼 느껴졌다. 바이런이 문제를 정확하게 본 것이었다. 데이비드는 대로에서 찍은 사진들을 보고 화면을 구성했다. 그것이 실수였다. 사진은 촬영 당시 정해진 각도 때문에 제한적이지만 사람의 눈은 이동하고 무언가를 바라볼 때 시점을 바꾼다. 특히 사람은 눈으로만 보는 것이 아니라 기억과 기분에 따라서도 보는 게 달라진다.

데이비드는 실패 이후 빨려 들어간 어두운 터널 끝에서 작은 빛 한 줄기를 본 것 같았다. 만약 그림 그리는 방식을 근본적으로 바꾼다면 어쩌면 아직 희망이 남아 있을지도 몰랐다. 사진을 출발점으로 삼지 않고 기억에 의존해서 구성한다면. 대형 작품을 고집할 것이 아니라 자신에게 중요한 것을 그린다면. 그가 진실과 삶에 더 가까이 다가간다면.

다음 날 데이비드는 가벼운 마음으로 아틀리에에 들어갔다. 할리우드 힐스로 이사 온 뒤론 그는 차에 장착한 훌륭한 스피커로 음악을 들으며 매일 몽캄 애비뉴와 웨스트 할리우드를 왕복했다. 하루가 끝나면 산타 모니카와 할리우드의 고속도로를 뒤로하고 협곡의 구불구불한 길을 올라갔다. 수풀이 우거지고 진한 나무 향이 풍기는 도로는 프랑스 남부를 연상시켰다. 커브를 돌 때마다 눈부시도록 빨간 석양이나 파란 바다가 펼쳐졌다. 그는 속도를 잘 조

절해서 아름다운 풍경과 오페라 곡이 딱 들어맞도록 했다. 그저 차로 왔다 갔다 하는 여정이 아니라 그가 보내는 하루 중 가장 아름다운 순간이었다. 그래, 이걸 그려야지.

데이비드는 협곡에서 자신이 다니는 길을 시험 삼아 그려보았다. 구불구불한 도로를 화폭 중앙에 세로로 그리고, 그 주위에는 선명한 물감 자국을 넣어 언덕들을 표현했다. 이곳저곳에 나무나 집을 그려 넣기도 했다. 이 그림은 그때까지 데이비드가 그렸던 것과 (수채화 물감을 시험해보려고 그린 것만 빼면) 아예 달랐고, 아이가 그린 그림 같았다. 두 번째 그림은 크기도 더 크고 더 과감했다. 조금 더 부드러운 색으로 집에서 아틀리에까지의 경로를 그렸는데, 가끔 점묘법이라 할 만한 기법을 썼다. 굽이치는 도로가 화폭을 가로로 지나가고 도로 주변에는 언덕, 나무, 풀들, 테니스 코트, 수영장, 전봇대, 바둑판무늬의 다운타운 LA, 저 멀리 보이는 수평선 등 조금 더 복잡한 풍경을 넣었다. 아이가 그린 지도처럼 모든 요소를 같은 축척으로 그렸다. 두 그림과 그 이후에 그린 작품들은 전통적인 풍경화가 아니라 시간으로의 여행이자 삶이 충만한 이야기였다. 따뜻한 색과 기하학적 형태의 조화는 보는 사람의 눈을 사로잡았다. 평론가들은 데이비드가 어린 시절로 돌아갔다고 생각했고, 데이비드는 자신이 올바른 길로 들어섰음을 확신했다.

그러고 보면 〈산타 모니카 대로〉를 작업하면서 시간을 낭비한 게 아니었다. 왜 기존의 방식이 통하지 않았는지 깨달았으니 말이다. 오페라 공연의 무대 디자인을 맡은 일도 마찬가지였다. 삼차원으로 작업하면서 공간에 관한 생각이 바뀌었기 때문이다.

오페라 삼부작 공연은 일 년이나 연기되었지만 마침내 성사되었다. 1981년 1월 「파라드」의 마지막 리허설에 참석하러 뉴욕에 온 데이비드는 9번가에 사는 헨리의 집에서 저녁을 먹다가 귀여운 금발 머리 대학생을 만났다. 헨리는 젊은 애인과 얼마 전 이곳으로 이사왔다. 데이비드는 학생에게 그날 밤 메트로폴리탄에서 있을 리허설에 와보라고 했다. 리허설이 끝나고 두 사람이 극장을 나섰을 때 도시는 깜깜했다. 정전이었다. 전철역은 폐쇄되었고 버스도 다니지 않았으며 택시를 잡을 수도 없었다. 링컨 센터에서 웨스트 빌리지까지 걸어갈 수밖에 없었다. 데이비드가 주머니에서 새로 산 워크맨을 꺼내 들자 학생은 깜짝 놀랐다. 워크맨이 출시된 지 얼마 되지 않았기 때문이다. 데이비드에게는 이어폰도 있었다. 날은 무척 추웠다. 숨을 쉴 때마다 입김이 나왔다. 달빛과 자동차 불빛만 비추는 거리를 걸으며 두 사람은 타임스퀘어, 미드타운, 플랫아이언을 지나 브로드웨이를 걸어 내려왔다. 두 사람은 이어폰을 하나씩 나눠 꽂고 고막이 찢어지도록 노래를 들으며 걸었다. 학생은 잘생겼고 감수성이 예민하며 똑똑해 보였다. 새로운 인연이 가능해지는 걸까? 이안은 스물두 살이었고, 데이비드는 그보다 두 배나 나이가 많았다. 이안은 뉴욕에 살았고, 데이비드는 로스앤젤레스에 살았다.

한 세대와 한 대륙이 둘을 갈라놓았다.

「파라드」의 초연은 대성공이었다. 모든 평론가가 데이비드의 「파라드」였다고 입을 모았다. 그가 만든 장식과 의상이 삼부작 공연을 시각적인 환희로 바꿔놓았다고 말했다. 연출가가 새 공연에서 같이 일하자고 제안하자 데이비드는 그러겠다고 했다. 헨리는 두 번 연속 성공할 수는 없다고, 무대 때문에 다시 그림을 소홀히 하게 될 거라고 경고했다. 헨리 말이 옳았지만 이 제안을 받아들여야 뉴욕에 더 자주 올 수 있었다.

이안은 데이비드가 연락하면 언제든 시간을 냈다. 둘은 전시회도 보러 가고 영화도 보러 갔다. 레스토랑에서 저녁도 먹었다. 데이비드는 헨리가 게이바에서 이안을 만났다는 것도 알고 있었고, 이안이 쉽게 넘어올 거라는 사실도 알았다. 하지만 두 사람 사이에 싹트기 시작한 우정을 작은 실수로 망치고 싶지 않았다. 데이비드는 이안에게 연말에 로스앤젤레스로 와서 살아보지 않겠느냐고 물었다. 파슨스 디자인 스쿨과 동급인 오티스 아트 앤 디자인 칼리지에 다니면서 데이비드를 위해 일할 수도 있을 거라고. 학교에서 배우는 것보다 더 많은 걸 배우게 될 거라 말하면서 말이다. 이안은 좋아하면서 학교를 옮기고 1982년 1월 로스앤젤레스에 정착했다. 바로 데이비드가 원하던 증거였다. 두 사람은 머지않아 이층에 있는 데이비드의 방을 함께 썼다.

마흔다섯 살에도 삶은 여전히 당신에게 선물을 안겨줄

수 있다. 즐겁게 지내려는 마음을 잃지 않고 도전하면 된다. 즐거움과 두려움의 비명을 용기 내어 지르고, 디즈니랜드를 사랑한다고 씩씩하게 말하고, 눈치 보지 않고 솜사탕을 먹고, 순간의 욕망을 따르고, 완성한 결과를 부수고, 새로운 것을 시도하고, 놀고, 어른이라서 스스로 금지했던 일을 하라. 내면에 있는 어린아이와 연결을 끊지 마라. 데이비드는 이안과 함께 몽캄 애비뉴에서 산 지 얼마 되지 않은 집을 다시 칠했다. 워낙 선명한 원색을 골라서 마치 마티스의 작품 위를 걷는 느낌이 들 정도였다. 벽은 빨강과 선명한 초록으로 칠했고, 바닥과 난간 기둥은 프러시안 블루로 칠했다. 수영장은 물을 빼서 남색으로 구불구불한 곡선을 그려 넣었다.

그레고리는 데이비드의 새 남자친구가 마음에 들지 않았지만 데이비드는 개방적인 연애를 하는 관계라는 사실을 상기시켰다. 그레고리도 맘껏 누렸으니 부정할 수 없었다. "그래도 우리 집에서, 네가 보는 앞에서는 안 그랬잖아!" 그레고리가 항변하자 데이비드는 양심에 찔렸지만 그래도 차이가 없다고 말했다. 하지만 그들이 소원해질 일은 없다며 상황을 그대로 받아들이라고 부탁했을 땐 데이비드의 마음은 진심이었다. 데이비드는 그레고리를 사랑했다. 둘은 함께 일했고 같은 미래를 향해 같은 길을 함께 걸었다. 그들의 미래는 육체적 욕망보다 더 견고한 애정으로 그들을 묶어주는 서로에 대한 약속이 보장해주었다. 바람을 피우지 않는 것은 부르주아적 발상이다.

그는 피터에게 버려져 외로움 때문에 무척 괴로웠다. 더는 혼자 있지 않는 것. 욕망을 초월해서 동반자를 곁에 두는 게 필요했다. 우정, 상호존중, 비슷한 미적 감각, 작업, 애틋함 등 그레고리와 데이비드가 공유하는 것도 중요했다. 그레고리는 설득당했지만 밤이 되면 우울해지는 기분을 달래려고 술, 마리화나, 강한 마약에 의존할 때가 많아졌다.

이안이 로스앤젤레스에 살게 된 지 얼마 지나지 않아서 퐁피두센터의 큐레이터가 데이비드에게 사진과 예술에 관한 전시회에 참여하지 않겠느냐는 뜻을 물었다. 그는 데이비드가 네거티브 필름을 찾지 못하자 그 자리에서 폴라로이드 필름을 잔뜩 사 데이비드의 사진을 직접 찍었다. 그러고 나서는 그 비싼 필름을 꽤 많이 남겨두고 프랑스로 돌아갔다. 그가 떠난 다음 날 데이비드는 필름을 사용하고 싶은 유혹에 지고 말았다. 그래서 여러 방에 있는 디테일을 다양한 각도에서 찍기 시작했다.

데이비드는 〈나의 집, 몽캄 애비뉴, 로스앤젤레스, 1982년 2월 26일 금요일〉의 조각들을 붙이면서 혈관이 찌릿한 느낌이 들었다. 그는 그 감각이 무엇인지 알았다. 왕립미술대학에서 그림에 문자와 숫자를 넣을 때도, 뉴욕에서 펄프로 수영장 연작을 만들었을 때도 똑같은 느낌을 받았다. 작업할 때 어린이가 놀이에 집중하듯이 그를 집중하게 만드는 이 즐거운 느낌보다 더 중요한 것은 없었다. 이 느낌을 따라가야 한다. 어디로 가게 될지는 아직 몰라도 말이다. 30개의 폴라로이드 사진을 조합한 작품은 한순간만 고정하는 단 한 장의 사진과 달리 관객이 공간과 시간을 따라 한 장 한 장 지나가게 만든다. 따라서 이것은 사진이라기보다 '사진 그림'이었다. 십 년 전 데이비드는 런던의 빅토리아 앨버트 박물관에서 「오늘로 회화는 죽었다―사진의 시작」이라는 전시회를 보고 충격을 받았다. 그런 그가 십 년 뒤 사진을 매체로 사용해서 복수한 것이다. 그는 시간과 움직임을 집어넣어 사진의 용도를 전복시켰다.

데이비드는 일주일 만에 백오십 점의 콜라주를 완성했다. 그리고 사람들을 찍으면서 동시에 포토몽타주에 영감을 받아 초상화도 그렸다. 이안, 셀리아, 그레고리의 초상화는 입체파 그림 같았다. 펜탁스 소형 카메라를 샀을 때는 사진에 대한 중독이 커졌을 때다. 그는 폴라로이드 사진과 달리 흰 가장자리(이미지들의 공간적 흐름을 방해했다)가 없는 사진들로 콜라주를 계속했다. 데이비드는 하나의 규칙을 만들었다. 사진을 자르지 않는 것이었다. 하지만 사진을 붙이다가 테두리를 넘어가도 상관없었다. 데이비드는 너무 들떠서 잠을 못 잘 정도였다. 한밤중에 이안과 그레고리를 깨워서 새로운 콜라주 작품을 보여주었다. 헨리와 통화할 때도 콜라주 얘기만 해대니 헨리가 아무리 가장 친한 친구여도 일 때문에 고민하는 그에게 도저히 관심 있는 척을 해줄 수가 없었다. 헨리는 데이비드에게 미쳤다고 말하고 몽캄 애비뉴의 집을 '몽 히스테리'

라고 불렀다. 데이비드는 웃으면서 크리스토퍼도 자신을 미치광이 과학자라고 불렀다고 말했다. 아틀리에 바닥에는 사진 수천 장이 깔렸다. 데이비드는 멈출 수가 없었다. 그는 168번째 사진 구성을 마친 상태였다. 기술이 그의 흥분을 고조시켰다. 한 시간이면 사진을 인화할 수 있게 된 것이다. 사진관 직원에게 망친 것처럼 보이는 사진까지 모두 인화해달라고 설득하는 게 유일한 어려움이었다.

새롭고 재미있는 실험이 주는 기쁨보다 중요한 것은 없었다. 아마 7월에 마흔다섯 살이 되는 그에게 보낸 어머니의 편지가 예외일 것이다. 아들이 그토록 사랑하는 이 훌륭한 어머니는 편지에서 우회적인 짧은 문장으로 동성애 문제를 처음 언급했다. 동성애가 뭔지는 모르겠지만 아들을 더 잘 이해할 수 있을까 싶어서 몇 년 전에 동성애를 다룬 바넷 신부의 책 『동성애―그 모든 진실』을 샀다고 했다. 어머니는 아들에게 좋은 어머니가 되지 못했을까 봐 걱정이라고 했고, '특별한 피조물'이 나온 게 혹시 부모의 책임인가 싶다고도 했다. 그러면서 자신을 원망하지 않는 아들에게 고맙다고 했다. 그리고 아들에게 최대한의 행복을 빌었다. 이 순진한 편지에는 많은 사랑과 관대함이 담겨 있었다. 아름다운 영혼에서 우러나온 이 편지를 읽으며 데이비드는 웃기도 하고 감동에 휩싸여 눈물을 흘리기도 했다.

메트로폴리탄 오페라 극장에서 열린 스트라빈스키의 오페라 공연은 헨리가 예견한 대로 혹평을 받았다. 하지만 데이비드는 꿋꿋하게 메트로폴리탄의 새로운 제안을 받아들였다. 이번에는 발레였다. 그레고리는 술을 많이 마셨고 술에 취하면 질투가 심해졌다. 가슴 아픈 일이었지만 그레고리도 언젠가 자신이 데이비드에게 얼마나 소중한 존재인지 깨닫고 편안해질 것이다. 친구인 조 맥도널드는 폐렴이 심해져 입원했다. 데이비드는 뉴욕에 병문안을 갔다가 몰라보게 변한 친구의 모습을 보고 충격을 받았다. 하지만 간호를 잘 받고 있으니 곧 나을 것이다. 이안은 아버지가 암을 진단받았다면서 아버지 가까이 살 수 있도록 동부로 돌아가겠다고 말했다. 데이비드는 이안이 떠나는 것을 초연히 받아들였다. 그레고리는 만족할 테니 그나마 다행이었다.

헨리가 찾아왔다. 데이비드는 자신이 완성한 포토몽타주를 보여주고 그와 함께 흥분을 공유하고 싶은 생각뿐이었다. 하지만 헨리는 듣는 둥 마는 둥 했다. 그는 오 년 전 에드 코흐가 임명했던 뉴욕시 문화국장직 사임을 앞두고 있었다. 일이 많아 건강이 나빠졌기 때문이다. 의료비 지출을 감당할 수 없을까 봐 두렵다고 말하자 데이비드는 그가 돈을 빌리러 왔다는 걸 깨달았다. 가장 친한 친구가 자신을 이용하려 하다니! 두 친구는 말다툼을 벌였다. 헨리는 데이비드가 치사하고 자기중심적이라고 비난하고 예정보다 일찍 떠나버렸다. 이십 년 지기 친구들이 이렇게 심하게 싸운 것은 처음이었다.

8월에 앤과 바이런이 캘리포니아에 휴가를 보내러 왔

다. 이 년 만에 처음 보는 것이었다. 약속한 대로 데이비드는 바이런을 데리고 그랜드캐니언으로 떠났다. 바이런은 사막을 좋아했다. 데이비드는 쉬지 않고 사진을 찍어댔다. 풍경을 180도로 감상하는 것 같은 느낌을 주는 콜라주를 만들 생각이었다. 관람객이 발밑의 마른 풀, 주황색과 노란색의 바위, 바위의 갈라진 균열, 지평선에 보이는 산을 동시에 볼 수 있기를 바란 것이다. 바이런과 절벽에 앉아 끝없이 펼쳐지는 노을 진 하늘과 벌게진 바위들을 바라보면서 데이비드는 얼마 전 헨리가 보낸 편지를 떠올렸다. 헨리는 정말 실망했다고 썼다. 피터가 떠났을 때, 아버지가 돌아가셨을 때 등 데이비드가 가장 어려울 때 지지를 해준 사람이 바로 자기가 아니냐고 했다. 자신이 처음으로 관심과 지지가 필요할 때 친구라고 생각했던 사람이 자신의 말에 귀를 기울여주지 않았다는 것이다. 작업에만 열중한 나머지 이기적인 귀머거리가 되었다고 말이다. 데이비드는 바이런에게 헨리와의 다툼을 말했다. 그랬더니 바이런이 주저 없이 대꾸했다.

"아저씨가 사과하셔야죠."

"날 모욕한 건 헨리야! 나한테 관심이 없잖아. 내 작업에도. 나한테 돈이나 뜯어 가려고 왔던 거야."

"그 아저씨에게 돈이 필요하니까요. 아저씨에게 돈 빌려달라고 부탁하기가 어디 쉬웠겠어요?"

데이비드는 바이런이 눈에 감겼던 붕대를 벗겨준 느낌이 들었다. 그는 헨리가 모욕감을 느꼈고 자신이 그를 버렸다는 것을 깨달았다. 열여섯 살도 안 된 녀석이 노인 같은 지혜(혹은 아이의 명철함)로 데이비드를 일깨운 것이다. 데이비드는 바이런에게 고맙다고 했다.

그는 헨리에게 진심 어린 사과의 편지를 보내고 도와주겠다고 말했다. 또 이안에게는 자신의 집은 언제나 그에게 열려 있으며 포토몽타주에 정신이 빠져 있던 자신을 용서하라고, 아마도 대학생인 이안에게는 회화 작업보다 배우는 것이 적었을 거라고 전했다.

헨리는 그와 화해했고, 이안은 두 달 뒤에 캘리포니아로 다시 날아왔으니 잘한 일이었다.

죽음은 과대평가되었다

11월의 어느 저녁, 데이비드가 그레고리, 그리고 이안과 함께 저녁을 먹는데 전화벨이 울렸다. 수화기 너머에서 데이비드 그레이브스의 목소리가 들렸다. 그는 데이비드의 런던 조수이자 글라인드본에서 「난봉꾼의 행각」이 초연되었던 칠 년 전에 만났던 친구이다. 그는 앤의 동거인이기도 했는데, 두 사람은 아는 친구들 집에서 만났다. 그레이브스가 "데이비드?"라고 묻는데, 그의 부드러운 목소리에서 금속성이 느껴지자 데이비드는 불길한 예감에 사로잡혔다. 삼 년 반 전, 2월의 어느 날 아침에 들었던 형의 목소리와 비슷했다. 공명이 없는 듯한 그 목소리는 비극을 알리는 목소리였다. 바이런이었다. 막 열여섯 살이 된 바이런. 지난여름에 핫스프링스의 온천에, 모하비 사막에 있는 유령 도시 캘리코에, 그랜드캐니언에 데려갔던 바이런. 석 달 전에 이 집에서, 데이비드 바로 곁에서 웃으며 카드 게임과 스크래블 게임을 하고, 우스갯소리를 하고, 데이비드를 도와 포토몽타주에 쓸 사진 76장을 같이 골라주던 바이런. 데이비드에게 최고의 조언을 해주던 바이런. 열네 살에 디즈니랜드를 갔을 때 내질렀던 기쁨과 무서움의 비명이 아직도 데이비드의 귓가에 생생했다. 죽음. 바이런은 환각을 일으키는 버섯을 먹고 (영국에서는 불법이 아니었다) 런던 지하철 선로에 내려갔다가 들어오는 전철에 치였다.

데이비드는 영국으로 날아갔다. 앤에게 무슨 말을 해줘야 할지 몰랐다. 무슨 말을 할 수 있겠는가. 아버지가 돌아가셨을 때 어머니가 슬픔의 현신이었다면 앤은 조용한 통곡이었다. 데이비드가 앤을 안았다. 두 사람은 조난당한 사람처럼 서로를 부둥켜안고 눈물을 터뜨렸다. 앤은 모든 걸 잃었다. 자기 배로 낳아 키우고 (아주 잘!) 온몸과 온 마음, 온 영혼으로 사랑했던 아이가 스스로 해치는 것을 막을 수 없었던 여자의 마음을 데이비드는 감히 짐작조차 하지 못했다. 11월 11일 오후 켄살그린 공동묘지에서 치러진 장례식은 세상에서 가장 슬픈 장례식이었다. 왕립미술대학 시절 친구들이 한자리에 모였다. 바이런의 생부 마이클도 와 있었다. 그 슬픔을 데이비드는 장례식 직후 만든 포토몽타주에서 표현했다. 볼턴 수도원의 폐허 속에서 모자 달린 초록색 긴 레인코트를 입은 어머니는 주름진 얼굴에 세상의 모든 슬픔을 안고 있었다. 데이비드는 앤과 그레이브스를 로스앤젤레스에 초대했다. 그리고 그곳에 눌러살라고 했다. 안 될 건 없었다. 그곳에는 바이런에 대한 기억이 런던보다 적었다. 따뜻한 온기, 태양, 바다가 앤이 살아가는 데 도움이 될 것이다.

로스앤젤레스로 돌아가는 길에 오랜 입원을 마치고 퇴원한 조 맥도널드를 만나러 뉴욕에 들렀다. 조는 상태가 전혀 나아지지 않았고 여전히 침대에서 일어나지 못했다. 그의 어머니가 그를 돌봤다. 서른다섯 살인 그는 이제 여든 살은 되어 보였다. 근육이 다 사라져 몸이 아주 여위었다. 얼굴도 해골처럼 뼈만 남았다. 잘생겼던 그의 모습은 온데간데없었다. 지금은 그가 폐렴을 앓는 게 아니라는 사실이 밝혀졌다. 그는 게이들의 암이라고 부르는 성병으로 면역계를 공격하는 질병을 앓고 있었다. 아직 치료법이 없었다. 데이비드는 조의 기분을 풀어주려고 새로운 작업에 대해 설명했고 그의 동의를 얻어 포토몽타주에 넣을 사진을 찍었다.

데이비드의 어머니, 앤, 그리고 그레이브스는 데이비드의 아버지가 세상을 떠났던 삼 년 전처럼 로스앤젤레스에서 크리스마스를 보내고 싶어 했다. 이번에는 가장 나이 많은 어른이 가장 젊은 사람을 돌봤다. 데이비드가 그레이브스와 함께 메트로폴리탄의 오페라 극장에서 의뢰한 발레 공연의 무대 작업에 몰두하는 동안 앤은 데이비드의 어머니 로라와 함께 산책을 하거나 그녀의 어깨에 기대어 울었다. 로스앤젤레스에 사는 동향의 영화인 토니가 12월의 마지막 밤을 그의 집에서 보내자며 초대했다. 그에게는 딸이 둘 있었는데, 둘째 아이의 이름이 바이런이었다. 앤은 그레이브스와 함께 자리를 떠날 수밖에 없었다. 그날 밤 그들은 프러시안 블루로 칠한 몽캄 애비뉴의 집 테라스에서 스크래블 게임을 했고, 데이비드는 그들의 사진을 찍었다. 그리고 그 사진으로 단어가 만들어지는 불규칙한 형태의 콜라주를 제작했다. 오른쪽에는 게임에 몰두한 어머니(어머니는 스크래블을 무척 잘해서 모든 판을 이겼다)의 사진 12장 정도를 겹쳐 붙였다. 진지한 옆모습, 관절염을 앓는 손을 턱에 괴거나 철자를 옮기는 모습 등이었다. 중앙에는 앤의 사진 8장을 부분적으로 겹쳐 붙였다. 앤은 이마에 손을 얹고 게임에 몰입한 모습으로 뭔가를 생각하고 있거나 겨우 육 점밖에 얻을 수 없는 단어 하나를 찾아내고는 웃는 모습이었다. 왼쪽에는 앤을 향해 다정하게 돌아앉은 그레이브스의 사진들을 놓았다. 배려하는 마음이 표정에 가득했고 앤이 기분 좋아 보이면 그도 따라 웃었다. 그보다 더 왼쪽에는 고양이가 혼자 놀거나 무표정하게 사람들을 쳐다보고 있었다. 색의 조화가 완벽했다. 어머니의 회색 원피스와 회색 머리가 게임판의 회색과 어우러졌고, 앤의 빨간 머리는 빨갛게 칠한 테이블과 조화를 이루었다. 앤의 파란 원피스와 노란 목걸이는 그레이브스가 입은 스웨터의 파랑, 노랑, 빨강 자카르 무늬와 어울렸다. 포토몽다주 덕분에 한순간의 추억이 아니라 스크래블 게임으로 앤이 고통에서 벗어난 일련의 순간들을 영원히 기억할 수 있게 되었다.

데이비드는 영국에서 포토몽타주를 계속 작업했다. 어머니를 데려다주러 간 영국에 이안도 처음으로 데려갔다. 그다음에는 강연회에 초청받아 일본에 갔다. 일본에는 그레고리가 동행했다. 데이비드는 교토에서 선종 사원 료안지의 정원 사진을 찍으면서 새로운 작업으로 자신의 시점이 변했다는 것을 깨달았다. 정원을 정상적으로 찍으면 삼각형으로 나오지만 포토몽타주를 하면 직사각형으로 만들 수 있었다. 그 형태는 명상을 하며 정원 둘레를 도는 사람이 체험하는 것이었다. 일본에서 돌아오며 데이비드는 그레이브스와 함께 무대를 맡았던 발레 공연의 최종 리허설이 열리는 뉴욕에 들렀다. 그리고 다시 입원한 조 맥도널드를 매일 찾아갔다. 그는 증세가 심각해지고 몸이 쇠약해져 병실에 들어가는 방문객은 마스크와 장갑을 착용해야 했다. 이제 끝이었다. 조와 친구가 되었던 앤도 마지막 인사를 하러 뉴욕으로 왔다.

조는 4월 17일에 세상을 떠났다. 뉴욕의 모든 게이가 장례식에 참석했다. 지금은 폐쇄된 바, 클럽, 사우나를 메우고 파이어 아일랜드에서 밤새 춤을 췄던 사람들이었다. 조문객들은 섹시한 조와 보냈던 뜨거운 순간들을 추억하며 웃기도 했고 금세 심각해져서 누가 조 다음으로 에이즈에 걸릴지 걱정하기도 했다. 삶은 냉정하고 조현병에 걸린 게 아닌지 의심스러울 때가 있다. 그런 삶이 던져준 우연인지 조의 장례식은 메트로폴리탄 오페라단의 발레 공연 리허설과 같은 날 치러졌다. 데이비드는 두 곳을 왔다 갔다 했다. 오후에는 조를 위해 조문을 읽었다. 아버지나 바이런의 장례식에서는 읽을 기운이 없었던 조문이었다. 그는 파놓은 땅 밑으로 관이 내려가는 모습을 보면서 몸을 떨었다. 그날 밤 우울한 기분이면서도 날카로운 안목으로 무대 준비가 완벽하다는 것을 확인했다.

바이런이 죽은 지 육 개월 뒤에, 아버지가 돌아가신 지 사 년 뒤에 조가 갔다. 세 세대에 속하는 사람들이 차례로 세상을 떠난 것이다. 조의 죽음은 바이런의 죽음만큼이나 기가 막혔다. 어떻게 섹스만큼 좋고 건강하고 자유로운 것이 죽음을 불러올 수 있을까? 게다가 자신들의 권리를 얻기 위해 처절하게 투쟁했던 게이 커뮤니티에! 어떻게 그런 끔찍한 질병이 나타날 수 있을까? 무자비한 보수주의자들이 너도나도 주장하듯, 마치 신이 게이들에게 유황 비를 내린 것처럼 말이다.

슬픔과 과로에 지친 데이비드에게는 휴식이 필요했다. 그는 이안, 그레이브스, 앤을 데리고 하와이로 떠났다. 그레이브스와 앤이 동굴에서 열어준다는 키치한 결혼식 광고를 보고 충동적으로 결혼을 결심했을 때 데이비드는 포토몽타주를 위해 둘의 사진을 찍었다. 하와이에서 돌아온 뒤에 그의 포토몽타주 작품들이 뉴욕에서 전시되었다. 데이비드는 『뉴욕 타임스』에서 "카메라 렌즈의 독재에서 사진의 초점을 해방시켰다"라는 글을 읽고 행복했다. 그러나 7월에 런던에서 같은 전시회가 열렸을 때는 거의 아무런 반응도 얻지 못했다. 카메라로 작업한 그의 작품들이 흥미롭다고 보는 영국 평론가는 한 명도 없었다. 위대한 화가가 재능을 망치고 시간을 낭비했다고 생각했다.

데이비드는 몽캄 애비뉴의 집 옆에 있던 테니스 코트 자리에 아틀리에를 지었고 그림을 다시 그리고 싶은 마음이 들었다. 미니애폴리스의 한 미술관 관장이 데이비드에게 오페라 공연 무대로 전시회를 하자고 제안하자 데이비드는 거절했다. 데생과 설계도를 보여주는 건 재미없어 보였다. 그러다가 그 무대에서 영감을 받은 그림을 그려 볼까 하는 생각이 들었다. 무대에 사람과 동물을 그려 넣으면 될 것 같았다. 데이비드는 새로운 프로젝트에 사력을 다해 뛰어들었다. 대형 그림과 구상화를 몇 달 만에 마쳐야 했다. 그는 조수들과 새벽부터 밤늦게까지 일했다. 매일 새로운 도전이 떠올랐다. 어떻게 하면 인물을 사실적이지 않게 그릴까? 아틀리에 한구석에는 한 번도 쓰지 않은 빈 캔버스들이 쌓여 있었다. 그 캔버스 하나하나에 머리, 가슴, 다리 등 신체 각 부위를 그려서 (사진처럼) 조합하면 어떨까? 동물은 어떻게 그릴까? 장난감 가게에 가서 동물 인형을 사 올 수는 없는 노릇이었다. 데이비드는 크고 두꺼운 아크릴판에 동물을 그려서 잘랐다. 육체적으로 힘이 들었지만 에너지를 다 쓰니 좋았다. 밤에는 침대에 쓰러져 꿈도 꾸지 않고 깊은 잠에 빠져들었다. 조수들의 도움을 받아 힘겹게 동화의 나라를 만들어가면서 한편으로는 포토몽타주에서 영감을 받아 초상화(자기 자신과 이안)를 그렸다. 한번은 이안의 형상 두 개를 겹쳐 그리기도 했다. 한 형상은 애틋한 눈길을 보내는 데이비드 옆에서 새근새근 자는 이안이었고, 또 다른 형상은 헝클어진 머리를 한 채 고개를 든 이안이었다. 사랑을 나누고 싶지 않은데 데이비드의 애무에 잠이 깨어 화가 난 이안이 손가락을 데이비드의 눈에 넣으려는 장면이다. 이안은 그림을 보고 웃음을 터뜨렸다. "내가 저렇게 못됐어?" 이안이 로스앤젤레스에 돌아온 건 데이비드를 위해서가 아니라 즐기기 위해서였다. 데이비드는 매일 밤 이안을 따라 파티에 다닐 나이가 아니었다. 게다가 그는 조를 따라 램로드나 스튜디오 54에 다니던 시절에도 파티광은 아니었다. 그는 주로 보는 걸 즐기는 타입이었다. 이안은 데이비드가 일어나기 바로 전인 새벽녘에 귀가하고는 했다.

마흔여섯 살이었던 데이비드는 처음으로 자신이 늙었다고 느꼈다. 그래서 데생과 그림에 그런 자신의 모습을 그렸다. 독특한 구두를 뽐내고 줄무늬 폴로 티셔츠를 입은 금발 머리의 동안 청년은 사라지고 없었다. 발기한 페니스와 충족시킬 수 없는 욕정을 가진 벌거벗은 남자, 조와 바이런은 결코 먹을 수 없는 나이로 서서히, 하지만 확실히 나아가는 남자만 남았다. 어느 날 저녁 이안이 이사를 나가겠다고 했지만 데이비드는 놀라지 않았다. 언쟁은 없었다. 데이비드는 이안이 자신을 버릴 거라는 걸 언제나 알고 있었다. 마음은 아프지만 세상이 끝난 건 아니었다. 데이비드는 불평할 수 없었다. 자신이 죽은 것도 아니고, 이안이 죽은 것도 아니다. 그레고리가 있으니 혼자도 아니었다. 충직한 그레고리는 일하고, 저녁을 먹고, 담배를 피우고, 술을 마시고, 그와 밤늦게까지 대화를 나누었다. 그레고리와 함께 지내는 건 쉽지 않았다. 술이나 마약을 하면 난폭해질 때가 있었다. 한밤중에 그레고리를 응급실에 데려간 게 몇 번인지 모른다. 그레고리는 자신의 문제와 싸우고 있었다. 술이나 마약을 하지 않을 땐 최고의 친구, 최고의 연인, 최고의 조수가 되어주었다.

데이비드는 그레고리와 오페라 무대 전시회가 열리는 미니애폴리스 워커 아트 센터에 갔다가 서점에 들렀다. 롤리 교수의 『중국 회화의 원리』라는 검은 표지의 책에 눈길이 갔다. 그는 일 년 전에 중국에 갔었지만 다 비슷비슷해 보이는 중국 회화에는 별로 관심이 생기지 않았다. '시퀀스와 변하는 초점'이라는 꼭지가 호기심을 불러일으켰다. 데이비드는 책을 사서 호텔 방에 돌아가자마자 읽기 시작했다.

그가 책에 열광했다는 말은 약과다. 그는 큰 충격에 휩싸였다. 이 책에는 그가 사오 년 전부터 새로운 사진과 회화 실험을 하면서 찾았던 모든 게 이론으로 정립되어 있었다. 그는 자신도 모르게 제한적인 서양 전통에서 개방적인 동양 전통으로 이동했음을 깨달았다. 유럽의 회화는 15세기에 이루어진 원근법의 발명에 영원히 구속되어 버렸다. 데이비드가 시간과 공간을 이동하는 포토몽타주와 회화를 통해 벗어나고자 했던 것도 바로 독재적인 원근법이었다. 중국인들도 그와 같았다. 그들은 작품에서 내부와 외부를 동시에 보여주었고 시선을 제한하지 않았다. 실제 삶에서는 시선이 원근법의 제약을 받지 않기 때문이다. 책에는 "그들은 눈이 자유롭게 움직이는 '변하는 초점'의 원리를 적용한다. 그림을 보는 사람은 마음껏 상상하며 풍경 속을 거닌다"라고 적혀 있었다. 데이비드는 자신도 글자 하나 틀리지 않고 똑같이 썼을 거라고 생각했다. 롤리 교수는 투시도법에 관한 매력적인 제안을 했다. "선이 소실점이 아니라 보는 사람의 눈으로 수렴되는 역원근법이 심리적으로 훨씬 사실적으로 느껴졌을 것이다." '역원근법'이라는 용어는 원근법을 모를 때 저지르는 실수를 표현한 호가트의 그림을 보고 데이비드가 〈커비〉를 그렸을 때 직감했던 것을 집약해놓았다. 그때 데이비드는 잘못된 원근법이 더 사실적인 공간을 구성한다고 생각했다. 상상력(가장 개인적이고 주관적인 것)을 발휘할 수 있기 때문이다.

우연이었을까? 아니면 운명이었을까? 어떻게 워커 아트 센터의 관장이 전시회를 열 생각을 하게 됐고 그 덕분에 데이비드가 이 먼 도시에 와서 자신의 작업에 확신을 줄 책을 만나게 된 걸까? 놀라운 일이었다. 문학박사이자 프린스턴대학교 교수인 롤리는 데이비드가 여섯 살이었던 사십 년 전에 이 책을 발표했다. 그가 읽은 문장들은 진정한 화가로 인정받고 싶은 예술가라면 누구나 필요한 이론적 틀을 제공해주었다. 데이비드는 엘리트주의자에 속물

근성이 있는 미술평론가들이 '진지함'이라는 이름으로 그의 밝고 다채로운 색상의 작품들을 무시하는 것을 견디지 못했다. 그는 자신의 작업이 단순한 재미의 추구로 결정되지 않는다는 걸 깨달았다. 그것은 탐험이었다. 피카소가 했던 말처럼 말이다. "나는 그림을 그리지 않습니다. 나는 탐험합니다." 데이비드는 이 말을 잊을 수 없었다.

조와 바이런의 장례식 기억이 가슴 한구석에 아직 남았지만 데이비드는 어느 때보다 고양되었다. 그 뒤 몇 달 동안 메트로폴리탄 미술관과 대영 박물관의 동양 미술 큐레이터들을 만났다. 1월에는 메트로폴리탄 미술관에서 22미터에 달하는 두루마리를 볼 기회를 얻었다. 1690년에 중국 황제가 주문한 그림이었다. 데이비드는 두루마리를 펼쳐서 네 시간 동안 무릎을 꿇은 채 〈중국 황제와 대운하에서 보낸 하루〉를 살펴보며 단 하나의 디테일, 단 한 명의 인물도 놓치지 않았다. 그는 벅차오르는 감정을 자제하기 힘들었다. 이 중요한 발견은 회화와 음악이라는 그의 두 가지 열정을 한데 모은 것이었다. 이 그림에는 음악처럼 멜로디, 대위법, 크레센도, 디미누엔도가 있었다. 그리고 시간의 흐름에 따라 감상할 수 있는 또 다른 회화의 문이 열렸다.

로스앤젤레스로 돌아온 데이비드는 친구인 모와 리사의 집에 방문한 모습을 담은 대형 그림에 착수했다. 초점이 변해서 여러 개의 방을 돌아다니는 것 같은 인상을 주는 작품이다. 그다음에는 크리스토퍼와 돈의 집을 거니는 장면을 그렸다. 돈이 바다 풍경을 그리는 아틀리에에서 반대편에 있는 크리스토퍼의 서재까지 장면이 이어진다. 크리스토퍼의 서재에는 돈의 작품이 걸려 있다. 탐험과 시간 속 이동이라는 진짜 주제에서 관객의 시선을 뺏지 않도록 인물은 실루엣으로만 처리했다. 그러면서도 이 작품에서는 형태와 색이 폭발한다. 따뜻한 색채가 차가운 색채를 지배하고 시선은 어디로 향하는지 모른 채 그림에 빨려 들어간다.

데이비드는 그레고리, 그레이브스와 함께 멕시코 타마요 현대미술관에서 열리는 오페라 무대 전시회 개막식에 가야 해서 작업을 중단해야 하는 게 아쉬웠다. 그런데 돌아오는 길에 자동차가 고장났다. 일행은 결국 할 일이 정말 아무것도 없는 아카틀란이라는 작은 도시에서 수리를 기다리며 닷새나 머물러야 했다. 그레이브스와 그레고리는 테킬라로 지루함을 달랬지만 데이비드는 다음 작품을 구상하며 황홀경에 빠져 호텔 안마당만 바라보며 지냈다. 그는 의미적 원근법을 사용해서 안마당 주위를 홀로 돌아다니는 사람의 걸음을 표현할 생각이었다. 인물은 보이지 않을 것이다. 그림 안에 있는 사람은 관람객이 될 테니 말이다. 데이비드는 공간을 새롭게 표현하는 방식으로 관람객을 작품 안으로 들어오게 할 것이다.

데이비드는 점점 더 유명해졌다. 해마다 세계 각국에서 그의 전시회가 열렸다. 에머리치 갤러리는 〈에코 파크에 있는 모와 리사의 집 방문〉을 백만 달러 이상 받고 팔았다. 회계사였고 브래드퍼드 시장까지 지낸 형 폴이 정치계를 떠나 데이비드의 일을 봐주고 있었다. 폴과 데이비드는 결정을 내렸다. 데이비드는 갤러리에 독점권을 주지 않고 자신이 그린 작품의 운명을 스스로 정하기로 했다. 그가 집주인이 되는 것이다.

그동안 그가 제어할 수 있는 건 아무것도 없었다. 이안은 젊은 배우와 산다고 떠났다. 그것이 자연스러운 변화이기는 했지만 데이비드는 피터의 배신을 떠올리며 씁쓸했다. 파리에서는 가장 친한 친구 둘이 에이즈로 죽었다. 두 번째 친구를 땅에 묻던 달에 이번에는 크리스토퍼가 로스앤젤레스에서 암으로 세상을 떠났다. 여든두 살이었으니 오래 부유한 삶을 살고 '정상적인' 나이에 죽은 셈이었다. 하지만 그의 죽음은 데이비드가 그를 애정하는 만큼 큰 구멍을 가슴에 남겼다. 로스앤젤레스, 뉴욕, 런던, 파리에 사는 가까운 친구들은 에이즈에 걸려서 살날이 몇 년, 혹은 몇 달밖에 남지 않았다. 앤과 그레이브스는 영국으로 돌아가기로 했다. 데이비드가 생각을 바꿔달라고 부탁했지만 소용없었다. 음울한 런던으로 돌아가서 대체 뭘 할 생각인가? 앤은 로스앤젤레스로 이사 온 덕분에 죽지 않았다고, 데이비드에게 무한히 고맙다고 말했다. 하지만 그녀는 이제 고향으로 돌아가 뿌리를 되찾고 싶었다. 앤은 운전면허 시험을 여러 번 봤지만 결국 면허증을 따는 데 실패했다. 로스앤젤레스에서 자동차 없이 다니려다 보니 다른 사람에게 전적으로 의지할 수밖에 없었다. 데이비드는 앤의 이러저러한 사정을 이해했지만 역시 버림받은 기분을 떨칠 수 없었다. 앤이 떠나면서 고맙다며 전해준 편지를 읽던 데이비드는 충격을 받았다. "데이비드, 넌 본질적으로 섬 같은 사람이야. 혼자 잘 돌아가는 기계처럼."

데이비드는 섬이 되고 싶지 않았다. 그는 옆에 누가 있는 게 좋았고 가족과 친구를 만들고 주변에 사람을 많이 두고 싶었다. 이미 죽은 사람이나 앞으로 죽을 사람을 생각하지 않을 수 있도록 말이다. 그런데 그중 마지막 사람도 그를 버렸다. 한 달의 중독 치료를 마치고 돌아온 그레고리도 어느 날 갑자기 다시 중독에 빠지고 싶지 않다며 몽캄 애비뉴를 떠나겠다고 말했다.

"엉터리 같은 소리! 술을 입에 안 대면 되잖아."

"데이비드, 네가 저녁마다 술을 마시잖아. 친구들도 오고, 마약이 오가고. 유혹에 넘어가지 않는 건 불가능해."

"아니야, 내가 도울게."

"내 말을 안 듣는구나. 모와 리사가 사는 곳 근처인 에코 파크에 아파트 얻었어. 내일 이사 갈 거야."

"미쳤어? 그럼 나는?"

"넌 너밖에 몰라. 이건 나한테 목숨이 달린 문제라고."

"과장이 심한 거 아니야? 내 돈으로 치료사를 만나러 다니더니 그 사람이 네 머릿속에 그런 생각을 집어넣은 거야?"

"그래도 우리는 계속 함께 일할 거야."

"여길 떠나면 다시는 이곳에 발도 들이지 마."

다음 날 그레고리는 짐을 쌌다.

십 년 동안 함께 살았던 그레고리는 데이비드가 언제나 기댈 수 있는 친구였고, 그가 셀 수도 없을 만큼 많이 도와줬던 친구였다. 그 바람에 건강도 나빠지고 욕도 먹었지만 데이비드를 원망한 적은 없었다. 늘 자유롭게 놔뒀던 그레고리마저 그를 배신했다. 그것도 이안이 겨우 그에게 자리를 양보한 순간에! 데이비드는 마음의 큰 상처를 입고 형을 시켜 그레고리에게 공문까지 보냈다. 그는 이 편지에서 그레고리를 하찮은 직원처럼 해고했고 집 열쇠뿐 아니라 재활센터 비용까지 돌려달라고 요구했다. 마음의 상처가 그를 쩨쩨한 인간으로 만들었다.

오로지 그림 그리는 일만이 데이비드를 외로움에서 구해주었다. 악화하는 난청, 친구들의 죽음, 앤과 그레이브스의 이사, 그레고리와의 결별, 죽음을 부르는 성관계에 대한 두려움이 그를 점점 더 고독하게 만들었다. 그러나 종이, 캔버스, 스크린에 집중할 때만큼은 외롭지 않았다. 기계를 알아가는 기쁨 때문에 나머지는 다 잊고 놀이에 몰두하고 싶은 마음이 생겼다. 그는 컴퓨터를 사서 터치펜으로 그림을 그렸다. 그것은 마치 빛으로 그림을 그리는 기분이었다. 특별한 경험이었다. 새로 마련한 복사기로 이미지를 확대하거나 축소할 수 있었고 실제 물건을 복사하는 것도 가능했다. 사무실에서 쓰는 복사기로 예술 작품을 만들 수 있게 된 것이다. 얼마 지나지 않아서는 카메라를 프린터에 연결해서 원하는 대로 원하는 만큼 원하는 속도로 프랑스에서 수입한 아르슈지에 사진을 인쇄할 수 있었다.

그는 그 어느 때보다 바빴다. 프랑스 잡지 『보그』의 주문을 수락해서 사십 쪽에 달하는 분량을 알아서 채워야 했다. 데이비드가 입체파와 원근법에 관한 생각을 밝힐 기회였고, 피카소가 눈이 세 개에 코가 두 개인 도라 마르의 초상을 그린 것은 현실 왜곡이 아니라 오히려 개인의 현실을 그대로 표현하기 위해서였다는 점을 말할 기회였다. 피카소가 입맞춤하려고 다가가면서 봤던 얼굴을 그대로 묘사한 것이라고 말이다. 「마술피리」가 샌프란시스코 오페라단에 의해 다시 무대에 오를 예정이었고, 로스앤젤레스 오페라단이 공연할 「트리스탄과 이졸데」의 무대도 맡았으며, 『배니티 페어』를 위해 가장 복잡한 포토몽타주를 제작하기도 했다. 〈페어블러섬 하이웨이〉는 사막에 있는 교차로를 표현한 작품으로, 도로 표지판도 여러 사진을 오려 붙여서 만들었다. 원근법에 준 변화가 풍경을 얼마나 더 생생하고 현실적으로 바꿀 수 있는지 보여주는 작품이다. 데이비드는 로스앤젤레스 카운티 미술관에서 이 년 뒤에 열릴 두 번째 회고전도 열심히 준비했다.

그뿐만이 아니었다. 그는 옆집을 사들여서 셀리아에게 와서 살라고 말했다. 그러나 사춘기가 된 그녀의 아들들이 외국에 살고 싶지 않다고 했고 또 셀리아도 나이 지긋한 어머니를 모셔야 한다고 했다. 결국 그는 이안과 그의 남자친구에게 집을 내주었고 그들은 1987년 여름을 그곳에서 보냈다. 질투, 쓸쓸함, 원망 등 부정적인 감정은 묻어두는 게 나았다. 그냥 친구로 지내는 게 낫지 않을까? 유쾌한 청년 이안은 그에게 아들과 같은 존재가 아니었나? 데이비드는 천운이 있어 에이즈를 피할 수 있었다. 그는 더 이상 성생활을 원하지 않았다. 우정으로 족했다. 7월에 쉰 살 생일이 되자 이안이 닥스훈트를 선물했다. 자기가 기르던 개의 새끼였다. 데이비드는 반려동물을 기른 적이 없었다. 여러 대륙을 오가는 삶 때문에 그럴 수가 없었다. 그는 개에게 애정을 줄 수 있으리라고는 생각하지 못했다. 하지만 무슨 일이 일어나는 건지 알아차릴 새도 없이 보자마자 강아지에게 흠뻑 빠졌다. 그는 아버지가 좋아했던 영화배우 스탠 로럴의 이름을 따서 강아지에게 '스탠리'라는 이름을 지어주고 얼마 지나지 않아 스탠리가 외로울까 봐 강아지 한 마리를 더 들였다. 이제는 닥스훈트 두 마리와 친구들 곁에서 머물기 위해 돌아다니는 건 그만두어야 할 이유가 생겼다. 새해가 되자 데이비드는 이안과 함께 큰 파티를 열었고 여러 세대의 손님들이 그곳에서 어우러졌다. 몽캄 애비뉴의 집이 음악과 웃음, 왁자지껄한 소리로 다시 살아났다. 셀리아를 피카소풍으로 그렸던 초상화를 도난당한 게 옥의 티였지만. 아마도 이안이 초대한 젊은이 중 한 명의 소행이었을 것이다. 작품은 영영 되찾을 수 없었다.

1988년 4월에는 로스앤젤레스 카운티 미술관에서 삼십

주년 회고전이 열렸다. 개막 행사가 있던 날, 데이비드는 데생, 에칭, 초상화, 캘리포니아 시절의 대형 그림, 포토몽타주, 오페라 무대 디자인, 자신이 직접 프린트한 이미지로 가득 찬 전시실을 둘러보다가 자신의 작품이 프루스트가 가진 야망과 비슷하지 않았나 하는 생각이 들었다. 그가 몇 년에 걸쳐 다시 읽었던 프루스트의 작품은 영적인 갈구를 중심에 두고 성당처럼 구성되었다. 프루스트가 잃어버린 시간(차례로 죽어가는 서로 다른 자아들이 맺는 관계)을 찾으려 했듯이, 데이비드도 애초에 잃어버린 움직임을 찾아 헤맸던 것은 아닐까? 그는 항상 즐겁게 그림을 그렸다. 충동적으로, 그러나 타협 없이, 자신이 원하는 것을 그렸다. 사람들에게 피상적이라고 비난을 받았던 즐거움이라는 개념이 뭔가 본질적인 것을 담고 있던 건 아닐까? 그것이야말로 삶과 대등한 것이 아니었을까? 그 때문에 그는 지루함을 느끼기 시작하면, 다시 말해서 삶이 멀어지기 시작하면 스타일을 바꾼 것이 아닐까? 그는 그림을 그리기 위해 항상 감정을 느낄 필요가 있었던 게 아닐까? 그리고 감정emotion은 움직임movement, 즉 삶과 어원적으로 같은 말이 아닐까? 따라서 데이비드의 작품은 단지 고통을 피하기 위한 안식처가 아니라 사진과 영화 때문에 사형선고를 받았던 회화를 구하기 위한 집이었다. 그의 작품은 회화가 가장 강력하고 가장 실재적인 예술이라는 것을 보여주었다. 거기에 기억, 감정, 자아, 시간, 즉 삶이 담겨 있기 때문이다. 그런 의미에서 그의 작품은 죽음으로부터 구원하는 역할을 했다.

데이비드는 프랑스 아를에서 열리는 반 고흐 추모전을 위해서 역원근법을 사용해 고흐의 유명한 의자를 그렸다. 인식된 현실을 표현했던 입체파 그림과 마찬가지로 이 '잘못된' 원근법은 의자에 매우 인간적이고 감정적인 차원을 부여했다. 그래서 데이비드는 곧장 두 번째 그림을 그려서 로스앤젤레스 카운티 미술관의 회고전이 뉴욕을 거쳐 10월에 런던에서 개최되었을 때 이 그림을 전시했다. 테이트 모던 미술관은 관람객으로 넘쳐났고 전화벨이 끊임없이 울렸다. 대중의 반응은 폭발적이었다. 평론가들은 완전히 부정적인 평가를 하지는 않았지만 데이비드를 '현대미술에서 길을 잃은 아이'라고 불렀고, 그가 원근법의 독재를 비판하자 영국 북부의 늙은 교사처럼 지루하다고 평했다. 그의 작업은 영국 미술계의 신예 데이미언 허스트 Damien Hirst와는 달리 평론가들의 찬사를 받지 못했다.

평론가들의 태도는 데이비드의 오랜 반항심을 깨웠다. 영국에서 반동분자들이 창을 들고 '예술'의 문을 지키고 있다고? 데이비드는 로스앤젤레스에 사는 요크셔 출신의 청년이 어디까지 갈 수 있는지 보여주고 싶었다. 평론가들이 특권층이라고? 데이비드는 평등주의자가 될 것이다. 지독히. 그는 누구나 접근 가능한 예술을 할 것이다. 지난해에 그는 이미 전복적인 행동을 저지른 적이 있었다. 튀어 오르는 공의 원본 판화를 브래드퍼드 지방 신문과 함께 만 부를 배포한 것이다. 이번에는 그 정도에서 멈추지 않을 것이다.

데이비드는 상파울루 비엔날레에 초대받았다. 그는 작품을 팩스로 전송하기로 했다. 전시회 큐레이터였던 헨리는 아이디어가 독창적이라고 했다. 비엔날레 주최 측은 그걸 장난이라고 생각했다.

그건 장난이 아니었다.

브라질의 전화선이 그렇게 믿을 만하지 않았기 때문에 데이비드는 자신의 아틀리에에서 로스앤젤레스로 먼저 팩스를 보냈다. 그리고 그의 조수가 가방에 팩스를 담아서 상파울루로 날아갔다. 데이비드는 현장에 가지 않았다. 팩스로 작품을 보낸 전시회이므로 인터뷰에도 팩스로 답했다.

팩스는 청각장애인의 전화기와 같다. 자신처럼 잘 듣지 못하는 누나 마거릿이 처음 상용화된 모델을 사준 뒤로 데이비드는 매일 데생을 그려 미국과 영국에 있는 친구들과 가족에게 보냈다. 데생 하나가 여러 장으로 되어 있을 때가 많아서 다 받은 뒤에 조합해야 했다. 처음에는 4장이었다가 8장, 24장으로 계속 늘어났다.

베를린 장벽이 무너진 다음 날이었던 1989년 11월 10일, 데이비드는 테니스 시합을 양식화한 이미지를 154장의 팩스로 조너선 실버의 갤러리에 보냈다. 데이비드처럼 브래드퍼드에서 태어난 조너선 실버는 사업가로 성공해서 예술가들을 지원하는 젊은 친구였다. 그는 고향인 브래드퍼드의 옛 소금 공장에 갤러리를 열어 데이비드의 판화를 전시했다. 데이비드는 캘리포니아에 있는 아틀리에에서 조수와 단둘이 아침 햇살을 맞으며 차분하게 앉아 있었다. 그는 수천 킬로미터 떨어진 곳으로 한 장씩 팩스를 넣었다. 같은 시각, 밤이 내려앉은 브래드퍼드에서는 수백 명이 모여서 거대한 퍼즐이 맞춰지는 모습을 박수 치고 와인을 마시며 구경했다. 데이비드는 자신의 퍼포먼스가 밤과 낮, 그리고 여러 대륙을 이어 거리를 소멸시키는 힘을 갖는다는 게 좋았다. 외로움을 이길 수 있는 최고의 방법이었다. 벽을 허무는 그 나름의 방식이었다.

데이비드의 첫 모델이자 옛 연인이었고 친구이자 조수였던 모가 마흔일곱 살의 나이에 세상을 떴다. 부인이 그를 떠나자 다시 술독에 빠졌던 것이다. 데이비드가 로스앤젤레스에서 처음 사귄 친구이자 첫 갤러리스트였던 닉도 쉰한 살에 에이즈로 뉴욕에서 사망했고, 데이비드와 친했던 카스민의 연인도 런던에서 죽었다. 서른여덟 살밖에 안 된 나이에 죽은 친구도 있었다. 에머리치 갤러리에서 일했던 그 친구는 에이즈 환자를 돕기 위해 넓은 인맥을 동원해 백만 달러를 모금하기도 했었다. 예술계의 많은 사람이 우수수 쓰러졌다. 데이비드는 장례식에 참석하려고 또다시 비행기에 올랐다. 성당, 유대교회당, 묘지는 남은 자들이 다시 모이는 장소가 되었다. 죽어 나가는 지인이 얼마나 많았던지 조문객들은 이제 울지도 않았다. 에이즈 피해자들을 위해 모든 에너지를 쏟았던 헨리는 다행히 목숨을 부지했다. 그런데 어느 날 저녁 이안이 에이즈에 감염되었다고 말했다. 데이비드는 그를 안은 채 울지 않으려고 안간힘을 써야 했다.

"에이즈 양성이라는 건 발병과는 달라. 넌 아직 젊잖아. 괜찮을 거야. 곧 백신이 개발될 거야."

다른 말은 할 수도 믿을 수도 없었다.

지인들이 죽어 나가는 와중에도 데이비드의 인생에 새로운 남자가 나타났다. 그는 몇 년 전 런던의 친구 집에서 만난, 갓 스무 살 된 존이다. 데이비드는 존을 캘리포니아로 초대했고, 존은 이듬해에 남자친구와 함께 그를 방문했다. 직업이 요리사였던 존은 일자리를 부탁하러 데이비드에게 편지를 보내왔다. 결국 존은 로스앤젤레스에 왔고, 데이비드는 스물세 살인 영국인 청년의 매력에 조금씩 빠져들었다. 존은 키가 크고 잘생겼으며 유머가 넘치고 섹시했다. 최고의 피시 앤드 치프스를 만들었고 음식, 담배, 마약, 술, 섹스, 수영 등 쾌락을 마다하지 않았다. 존은 데이비드가 자신의 몸과 화해하도록 했다. 쉰두 살의 데이비드에게 그 무엇보다 필요했던 활력을 가져다주었다. 데이비드는 이제 혼자가 아니었다. 그와 함께 말하고 웃고 저녁을 먹고 사랑을 나눌 남자가 곁에 있었다. 게다가 얼마나 멋진 남자인가! 연인의 단단한 가슴과 근육질의 어깨와 팔, 미켈란젤로의 동상 같은 허벅지를 보고 있노라면 데이비드는 자신에게 찾아온 행운이 믿기지 않을 정도였다. 아마 그가 누릴 마지막 행운일 것이다.

존과 일 년째 함께 살고 있던 어느 날 저녁 데이비드는 무척 피곤했다. 잠자리에 들려고 소파에서 몸을 일으켜 침실로 가던 그는 계단에 주저앉고 말았다. 존은 가까스로 그를 일으켜 세워 응급실로 재빨리 달려갔다. 심장마비였다. 만약 데이비드 혼자 있었다면 그대로 죽었을 것이다. 빠른 처치와 관상 동맥 절제술이 그를 살렸다.

퇴원하는 날 의사들은 그에게 쉬라고 권했다. 그는 일하면 안 되었다.

이게 무슨 헛소리인가?

데이비드의 친구들은 사고, 노화, 알코올 중독, 암, 에이즈로 죽었다. 그런데 그는 죽음에 맞선 영원한 동맹자였던 일 때문에 거의 죽을 뻔했다는 건가?

일은 그를 죽였다. 죽음을 이기는 사람은 없다. 데이비드는 싸움에서 졌다. 그 안의 무언가가 무릎을 꿇었다. 수술을 받고 집으로 돌아온 데이비드는 자신이 달라졌다고 느꼈다. 초연해진 것 같았다. 싸우고 이기고 어떤 세계를 무너뜨리고 싶은 욕구를 더는 느끼지 않았다. 아마도 그가 그러기를 간절히 원해서였을 것이다.

이 년 전 데이비드는 말리부 해안가에 1930년대식 전원주택을 샀다. 이안이 우연히 발견한 그 집 앞 해변에서는 개들이 마음껏 뛰어놀 수 있었다. 집주인은 화가였고 그래서인지 아틀리에도 있었는데, 데이비드가 작업했던 아틀리에 중 가장 작았다. 하지만 데이비드는 그 안에서 기분이 좋았다. 그는 집에 러닝머신을 설치해서 의사들이 권하는 운동을 하고 개들과 매일 해변을 걸었다. 먹는 것도 바꿔서 존이 요리해주는 건강식을 먹었다. 존은 하루아침에 자신보다 더 늙은 연인의 아버지 노릇을 하게 되었다. 데이비드가 수술 직후 깨어나서 가장 처음 한 일은 그레고리에게 전화를 거는 것이었다. 그레고리는 한걸음에 달려왔다. 두 사람은 화해했고 그레고리는 데이비드를 위해 다시 일하기 시작했다. 인생이란 그런 것이었다. 가고 또 온다. 데이비드는 말리부의 아틀리에에서 창밖으로 보이는 바다의 움직임과 슈트라우스의 「그림자 없는 여인」에서 영감을 받아 작은 풍경화를 그렸다. 그는 그레고리의 도움을 받아 「그림자 없는 여인」 공연의 무대를 만들어야 했다. 데이비드는 스물네 점의 풍경화에 처음으로 제목을 달지 않았다. 그저 '매우 새로운 그림'이라고 불렀다. 이 작품들은 추상화일까? 그게 뭐가 중요할까? 추상예술과 구상예술의 구분은 서양에만 존재했다.

  존과 그의 고객 두 명, 그리고 그의 조수 두 명과 함께 「투란도트」 초연을 보고 시카고에서 차로 돌아오던 데이비드는 모뉴먼트밸리에서 멈춰 미니밴에서 하룻밤을 보냈다. 데이비드는 일출을 찍으려고 아주 일찍 일어났다. 그러나 폭풍우가 몰아치려는 듯 갑자기 지평선에 먹구름이 나타났다. 먹구름 사이로 해가 떠오르자 바위산에 마치 황금이 빛나는 것 같았다. 그때 갑자기 번개가 번쩍였고 완벽한 모양의 무지개가 나타났다. 산 정상에서 군중을 향해 연설하는 모세가 나타나더라도 놀랍지 않을 광경이었다. 너무도 아름다운 일출을 보자 그동안 쌓였던 긴

장이 일시에 풀렸다. 미니밴이 사막을 달리다가 고장이 났고 닥스훈트들이 쉬지 않고 짖어대는 바람에 비좁은 차 안에서 함께 지내던 데이비드의 조수들이 괴로워하던 차였다. 이 장관이 모든 것을 보상했다. 갈등, 그리고 죽음조차.

토니 리처드슨이 파리에서 에이즈에 걸려 예순네 살의 나이에 삶을 마감했다. 데이비드는 프랑스 남부에 있던 친구의 집에서 잊지 못할 여름을 보냈었고 로스앤젤레스에서도 가족처럼 화목하게 저녁 시간을 함께하곤 했다. 어느 날 저녁, 헨리가 심각한 목소리로 그에게 전화를 걸었다. 아이러니하게도 그는 에이즈가 아니라 크리스토퍼처럼 췌장암에 걸렸다. 병은 몇 달 만에 급속하게 진행되었다. 데이비드는 친구 곁에서 임종을 지켰고, 마지막 순간까지 그의 모습을 그렸다. 헨리는 데이비드보다 고작 두 살 많은 쉰아홉 살이었지만 아흔 살 노인처럼 보였다. 통통했던 볼살이 축 늘어졌고 얼굴은 핼쑥했다. 하지만 정신은 여전히 맑았다. 허영도 죽지 않아서 죽어가는 목소리로도 데이비드에게 "나를 그려"라고 말했다.

헨리는 삼십일 년 전이었던 1963년 앤디 워홀의 집에서 만났을 때부터 데이비드의 가장 친한 친구였다. 두 사람은 새로운 도시에 도착하면 짐을 풀자마자 오페라 극장으로 달려갔다. 헨리는 데이비드와 관련 있는 사람을 모두 알았고, 데이비드에게 일어난 사건도 빠짐없이 알았다. 데이비드의 모든 작품의 제작 과정에 참여했으며 매일 데이비드에게 전화를 걸던 친구였다. 아버지가, 바이런이, 조가, 크리스토퍼가, 그리고 그밖에 모든 지인이 세상을 떠나던 순간에도 헨리는 데이비드 곁에 있었다. 그는 항상 조언을 주고 자기 의견을 가감 없이 말하던 친구였다. 삼십 년 동안 두 사람이 제대로 싸운 적은 딱 한 번이었다. 화해한 뒤에는 우정이 더욱 돈독해졌다. 둘은 뉴욕에서, 런던에서, 로스앤젤레스에서, 코르시카에서, 파리에서, 베를린에서, 루카에서, 마서스 비니어드에서, 파이어 아일랜드에서, 알래스카에서 같이 웃고 또 같이 울었다.

데이비드는 두 사람이 런던에 같이 갔을 때 귀가 잘 들리지 않고 나이 지긋한 수집가의 집에 저녁 초대를 받아 갔던 날 얘기만 나오면 낄낄대고 웃었다. 그 수집가의 어머니는 오스카 와일드와 매우 가까운 친구였고 1897년에 감옥에서 출소한 동성애자 작가인 그를 집에 머물게 해준 사람이다. 데이비드와 헨리가 초인종을 누르자 노부인인 수집가가 문을 열었고, 그 순간 헨리는 데이비드를 돌아보며 복도가 떠나가라 외쳤다. "그러니까 오스카 와일드가 이분 어머니라는 말이지?" 데이비드는 배꼽이 빠져라 웃었다. 노부인에게는 이유를 설명할 수 없었다. 헨리가 없었다면 세상은 훨씬 슬펐을 것이다.

데이비드는 꽃과 살아 있는 친구들의 얼굴을 표현한 작은 그림들을 그렸다. 「꽃, 얼굴, 공간」(누가 아직도 꽃을 그려 전시를 하니?)이라는 제목을 붙인 전시회가 런던의 새 갤러리에서 열렸다. 헨리가 죽고 난 뒤에 카스민 갤러리는 파산했기 때문이다. "그는 쇠퇴하고 있다!" 평론가들은 한목소리로 외쳤다.

장송가는 계속되었다. 오시는 아파트에서 전 연인에게 칼에 찔려 죽었다. 동향 친구이자 헨리가 그랬듯이 매일 전화로 얘기를 나눌 정도로 친했던 조너선 실버도 췌장암에 걸려 몇 달밖에 살지 못한다는 소식을 전했다. 크리스토퍼와 헨리가 걸렸던 췌장암이라니! 이건 분명 저주였다. 조너선은 마흔여덟 살밖에 되지 않았다.

참사는 1979년 아버지와 함께 시작되었다. 1982년에 바이런, 1983년에 조. 1986년 이후에는 한 해도 거르지 않았다. 해마다 한 명, 두 명, 세 명, 네 명까지 친구들이 죽어 나갔다. 파리, 런던, 뉴욕, 로스앤젤레스까지 그 어느 도시도 그 어느 대륙도 예외가 아니었다. 마치 페스트가 창궐하던 중세처럼 죽음이 어딜 가나 있었다.

어쩌면 죽음은 과대평가되었는지도 모른다.

1984년 멕시코로 가기 직전, 데이비드는 아즈텍인들이 따르던 의식을 설명한 책을 읽었다. 몬테수마 2세가 신전에서 대여섯 명의 심장을 뜯어내고 피범벅이 되어 밖으로 나간 뒤 아무렇지도 않은 듯 에스파냐 대사와 대화를 계속했다는 내용이었다. 몬테수마는 아즈텍 문명을 파괴할 에스파냐 대사를 신이라고 믿었다. 아즈텍인들의 의식을 보고 경악한 에스파냐 사람들은 이 책을 읽었던 서양인 독자들과 마찬가지로 그들을 야만인이라고 여겼다. 하지만 신전에는 심장을 뜯기는 영예를 누리고자 이만오천 명이나 되는 사람이 줄을 섰다고 한다. 그들에게 죽음은 존재하지 않았다.

어쩌면 죽음은 비극이 아닌지도 모른다. 그러니 죽음을 두려워할 필요가 없을 수도 있다. 죽음은 삶의 일부이므로 죽음을 물리치려는 짓은 소용없다. 그 대신 죽음을 끌어안아야 한다. 그리고 사람들의 마음에 기쁨을 심어줄 수 있는 작품을 만들어야 한다. 평론가들의 생각은 전혀 중요하지 않다. 역사는 몇몇 화가의 이름만 기억할 것이다. 렘브란트, 페르메이르, 고야, 모네, 반 고흐, 피카소, 마티스는 하나같이 세상을 밝게 표현했다. 예술은 종교와 마찬가지로 아무도 배척하지 않는다. 예술은 보편적이어야 한다.

데이비드는 말리부에서 그림을 그렸다. 연인이자 요리사였던 존과 말다툼 끝에 헤어진 직후였다. 존은 그보다 스물아홉 살이나 어린 남자였다. 그러니 어찌 보면 당연한 수순이었다. 데이비드는 혼자가 아니었다. 친구를 가장 사랑하면서도 친구로부터 가장 독립적인 반려견들이 있었기 때문이다. 태평양의 반복적인 일렁임이 그의 창을 채웠다.

부엌문을 열면 파도가 발밑까지 차올랐다. 대양은 수백만 년 동안 그렇게 오고 갔다. 닥스훈트들도 데이비드처럼 바다를 바라보았다. 반짝이는 점과 평평한 형태만 나오는 텔레비전에는 관심이 없던 그들은 규칙적으로 해안에 부딪히는 파도에 최면이 걸렸다. 데이비드는 대양의 움직임을 그림으로 그렸다. 그리고 자신의 개들도 그렸다.

산사나무꽃이 피었습니다

도대체 그는 왜 사서 고생이었을까?

"광학 기구가 발명되기 전에는 위대한 예술가가 없었다고 말하는 건 비아그라가 발명되기 전에는 위대한 사랑이 없었다고 말하는 것과 같습니다."

수전 손택의 목소리가 얼마나 쩌렁쩌렁하던지 데이비드는 난청에도 불구하고 그녀의 목소리를 듣는 데 어려움이 없었다. 청중은 강당이 떠나갈 듯 웃었다. 뒤쪽에서 휘파람 소리도 들려왔다. 래리는 의자에 기대놓았던 목발을 들어 올렸다. 그의 좌골 신경통도 이럴 땐 쓸모가 있었다.

"조용히 해주세요. 여기는 대학 강연회지 서커스장이 아닙니다."

수전 손택은 차분한 목소리로 말을 이어갔다.

"데이비드 호크니가 옛 거장들처럼 그림을 그리지 않는

다고 해서 그들이 광학 기구를 사용했다고 결론 내릴 수는 없습니다. 호크니는 개인적인 경험에서 이론을 발전시켰습니다. 그것은 매우 미국적인 방식이지요. 미국인이 다 된 것이죠."

데이비드는 웃어 보였다. 유명한 지식인인 수전 손택이 말을 마치자 청중의 박수가 오래 이어졌다. 래리는 다음 연사로 린다 노클린을 소개했다. 백발의 교수인 노클린은 중요한 책을 많이 펴낸 작가이기도 했다. 그녀는 강연 도중 자리에서 일어나 투명 커버가 덮인 드레스를 의자에서 집어 들고 커버를 벗겼다. 청중은 영문도 모른 채 그녀를 지켜보기만 했다. 그녀는 벽에 흰 드레스를 걸었다. 짧은 길이의 드레스는 가장자리가 둥글고 커다란 직사각형 패턴 때문에 마치 1960년대에서 바로 튀어나온 것 같았다.

"제 웨딩드레스예요. 저는 1968년에 결혼했어요."

그러자 사백 명만 들어올 수 있는 이 강연장에 오려고 아침 일찍부터 쿠퍼 스퀘어에서 길게 줄을 서고 기다렸던 대학생, 교수, 예술사 전문가, 기자, 예술가, 사교계 인사들은 웃을 준비를 하고 기다렸다.

린다 노클린은 데이비드를 바라보며 말했다.

"데이비드, 증거를 가져오라고 했었죠? 바로 여기 있어요."

그녀는 과장된 동작으로 벽에 기대놓은 큰 액자 위의 천을 걷어냈다. 그림에는 한 남자 옆에 젊은 여자가 벽에 걸린 옷과 정확히 똑같은 기하학 패턴에 크기도 똑같은 드레스를 입고 서 있었다. 데이비드는 그녀가 무슨 말을 하려는지 단박에 알아차렸다. 광학 기구를 사용하지 않고도 옷의 패턴을 정확히 재현할 수 있다는 걸 사람들에게 보여주려는 것이었다. 하지만 그것은 아무것도 증명하지 못한다.

"이 그림은 필립 펄스타인이 그린 제 결혼식 초상이에요. 필립?"

필립 펄스타인이 연단에 올랐다.

"필립, 이 그림을 그릴 때 광학 기구를 썼나요, 아니면 맨눈으로 그렸나요?"

"맨눈으로요."

노클린은 데이비드를 돌아보았다.

"보셨죠? 이게 되는 사람들도 있다고요."

청중의 반응은 수전 손택 때보다 더 폭발적이었다. 그때 누군가가 외쳤다.

"거장들은 속임수를 쓴 게 아니에요, 호크니!"

래리가 다시 목발을 휘두르며 방해하는 사람을 강연장에서 쫓아내겠다고 으박질렀다.

데이비드는 고개를 저었다. 그는 거장들이 속임수를 썼다고 한 적은 한 번도 없었다. 광학 기구는 단순한 도구일 뿐이다. 그것이 그림을 완성하는 것은 아니다. 삼 년 전 런던에서 열린 앵그르의 데생 전시회에 갔을 때 데이비드는 극도의 정확성과 선의 단단함에 반한 적이 있었다. 그는 도록을 사서 로스앤젤레스에 돌아온 뒤 데생들을 자세히 살펴보려고 복사기로 확대했다. 그런데 앵그르의 초상화 중 하나가 워홀이 그린 달걀 거품기 그림을 연상시켰다. 워홀은 이 그림을 그릴 때 슬라이드 영사기를 사용했다. 데이비드는 앵그르도 역시 광학 기구를 사용했다고 확신했다. 1807년에 발명된 카메라 옵스큐라였을 것이다. 아틀리에 벽이 복사한 초상화로 도배될 때까지 몇 년 동안 연구한 끝에 데이비드는 유럽 화가들이 수백 년 동안 광학 기구를 사용했을 것이라 확신했다. 데이비드는 그 시작이 언제였는지까지 알아냈다. 1434년에 얀 반 에이크가 그린 〈아르놀피니 부부의 초상〉이 처음이었다. 그 당시에는 렌즈가 아직 발명되지 않았으나 애리조나대학교의 물리학 교수인 광학 전문가가 오목 거울이 렌즈 역할을 할 수 있다고 알려주었다.

데이비드는 이 연구에 푹 빠졌다. 15세기와 20세기가 연결되어 있음을 보여주는 연구였기 때문이다. 렌즈는 사진기의 조상이니 말이다. 유럽 회화에서는 소실점이 한 개뿐인 원근법이 입체파가 활동할 때까지 대세였다. 데이비드는 이런 이론을 10월에 애리조나대학교 교수와 함께 쓴 책 『명화의 비밀』에서 소개했다. 유럽과 미국에서 파장은 대단했다. 예술사 전문가들은 옛 거장들의 아틀리에에 광학 기구가 있었다는 것을 증명할 수는 없다고 소리쳤다. 그들은 데이비드가 유럽 거장들의 공로를 폄하한다고 비난했다. 소수의 예술가와 연구자만 그의 편을 들었을 뿐이다. 강연회는 상황을 정리하기 위해 열렸다. 그러나 저울은 한 편으로 완전히 기울었고, 데이비드는 마치 재판의 피고인이 된 기분이었다. 이단아를 화형에 처할 것인지를 결정하러 모인 추기경들처럼 전문가 대부분이 그를 공격했다.

진짜 재판이었다. 그가 도대체 무슨 금기를 건드렸기에 예술사 전문가들이 한 몸이 되어 그를 공격하는 것일까? 그들은 무엇이 두려운 걸까? 이상적인 세계에 예술을 보존하려는 그들의 바람은 어딘지 모르게 매력적인 구석이 있었다. 데이비드는 자신이 대중에게 예술을 돌려주려는 로빈 후드가 된 듯한 착각이 들었다. 아무튼 그는 이 문제로 2001년 12월, 그러니까 세상을 뒤바꾼 큰 사건이 벌어진 지 석 달 뒤에 뉴욕에서, 그것도 쌍둥이 빌딩이 있던 자리에서 걸어서 삼십 분밖에 걸리지 않는 이곳에서 이런 흥분을 불러일으킬 수 있었다는 사실에 안심했다. 하지만 지금 급한 일은 그림 그리는 것뿐인데 이 강당에 갇혀서 뭐 하는 짓일까? 그가 논쟁을 불러일으킨 것은 사실이다. 하지만 이제는 아무래도 상관없었다.

마지막에서 두 번째 연사가 자리에서 일어났다. 로잘린드 크라우스는 컬럼비아대학교 교수이자 『옥토버October』의 편집장으로 현대 미술 비평의 스타였다. 가차 없기로 유명했던 그녀는 앵그르의 초상화와 워홀의 그림을 확대해서 화면에 띄웠다. 데이비드에게 영감을 주었던 바로 그 작품들이었다. 그녀는 워홀의 무기력하고 일정한 너비의 선(기술의 결과물)이 부풀었다가 줄어드는 앵그르의 선과는 공통점이 전혀 없다고 말했다. 똑똑한 논리였다. 청중은 길게 박수를 보냈다.

드디어 데이비드의 차례가 되었다. 피날레. 그는 연단으로 향했다. 그는 '나는 내가 옳다는 것을 안다'는 문구가 크게 인쇄된 티셔츠를 입고 있었다. 여기저기서 비웃음이 나오더니 강연장은 이내 조용해졌다. 데이비드는 안경을 고쳐 썼다. 쥐 죽은 듯이 조용했다. 사람들은 유명한 화가가 자신이 얼마나 무식한지 증명된 것을 보고 자신을 변호하기 위해 어떤 말을 늘어놓을지 한마디도 놓치지 않을 기세였다.

"오늘 많은 걸 배웠습니다."

그는 안경 너머로 청중을 바라보며 천천히 말을 꺼냈다.

"발표자 모두에게 감사드립니다. 이 작품들은 정말 대단합니다. 하지만 어떻게 완성되었는지 알 길이 없다는 게 사실이죠."

데이비드는 잠시 말을 멈췄다. 청중은 어떤 말이 나올지 그의 입에만 집중했다.

"이제 피곤하군요. 돌아가서 그림이나 그려야겠어요."

데이비드는 아연실색한 청중을 그대로 두고 연단을 내려왔다. 그가 패배를 인정했다! 하지만 왠지 청중은 김이 빠졌다.

데이비드는 패배를 인정한 게 아니었다. 그의 확신은 흔들리지 않았다. 태양은 우주의 중심이었고, 그 진리는 갈릴레이가 화형을 당하지 않았어도 저절로 알려졌다.

  그는 실제로 피곤했다. 이 일에 삼 년이라는 시간을 썼다. 그 삼 년 동안 그린 거라고는 자신의 이론을 증명하려고 카메라 옵스큐라를 사용해서 앵그르의 초상화를 모델로 삼아 완성한 초상화 연작이 다였다. 삼 년 전에 어머니가 아흔여덟 살의 나이로 세상을 떠났다. 다섯 자녀 중 네 명이 그녀의 임종을 지켰다. 어머니가 떠난 다음 가을이 찾아왔고 육십이 년 만에 어머니 없이 보낼 첫 크리스마스가 다가올 즈음, 데이비드는 심각한 우울증에 빠졌다. 위험할 정도로 알코올과 약에 빠져 지내는 그를 그레고리가 나서서 바덴바덴의 온천에 보냈다. 독일에서 돌아온 데이비드는 런던에 들렀다가 역시 런던에 잠시 머물던 존과 저녁을 먹었다. 서른세 살이 된 존은 여전히 활기와 유머가 넘쳤다. 그는 섹시하고 따뜻하면서도 성숙한 남자가 되었다. 그리고 데이비드가 불가능하리라 믿었던 기적이 일어났다. 두 사람이 다시 사랑에 빠진 것이다. 존은 로스앤젤레스에 있는 데이비드의 집으로 다시 들어와 그의 동반자이자 요리사가 되었다.

  몇 달이 지났다. 존은 혹시 데이비드가 어디 아픈 게 아닌가 하는 생각이 들었다. 많이 피곤해하고 저녁을 먹다가도 잠들기 일쑤였다. 집뿐만 아니라 초대받아 갔을 때도 마찬가지였다. 존과 데이비드는 떨리는 마음으로 건강검진 결과를 기다렸다. 크리스토퍼, 헨리, 조너선처럼 암에 걸린 걸까? 아니다. 급성 췌장염이었다. 죽을병은 아니었지만 이제 술과 카페인은 즐길 수 없게 되었다. 얼마 후 그가 처음 길러 열네 살이 된 사랑하는 애견 스탠리가 죽었다. 존과 데이비드는 로스앤젤레스에 사는 친한 친구가 에이즈에 걸려 죽어갈 때 몇 달 동안이나 그를 돌보았다. 데이비드는 연구에 매달리도록 자신을 부추긴 진짜 이유가 무엇인지 알고 있었다. 그 연구는 그가 오래전 가지고 있던 투쟁 정신을 일깨웠다. 그리고 그 덕분에 어머니, 스탠리, 그리고 친구의 죽음을 견디는 데 필요했던 에너지를 얻었다. 이제 다시 그림을 그릴 때가 왔다. 그는 예순네 살이었다. 그의 걸작은 어디에 있나?

육 년 전이었던 1995년에 존 메이저 영국 총리가 테이트 모던 미술관에서 그의 작품 한 점을 빌려다가 다우닝가 10번지에 전시했다. 큰 영광이 아닐 수 없었다. 그러나 그 작품은 1977년에 완성했던 〈나의 부모님〉이었다. 그것은 마치 데이비드가 그 뒤로 이십 년 동안 아무 일도 하지 않은 것 같은 느낌을 줬다.

그는 나이 들수록 자신의 영감이 어디서 오는 건지 점점 더 알 수 없었다.

그가 가장 최근에 제대로 영감을 받았던 것은 (그것도 아주 우연히) 사 년 전인 1997년으로 거슬러 올라간다. 여름 내내 죽어가던 친구 조너선을 위해 요크셔 동부를 그렸던 때였다. 조너선은 데이비드에게 마지막 부탁이라며 소박한 아름다움을 간직한 고향의 언덕과 밭을 그려달라고 했다. 화가들이 요크셔에는 눈길도 주지 않는다면서 말이다. 데이비드는 브리들링턴에 사는 조너선의 노모의 집에 머물렀고 거의 매일같이 병상에 누운 친구를 보려고 한 시간 반이나 되는 거리를 오갔다. 그는 그 길을 오가며 어렸을 적 보았던 풍경, 프라이데이소프와 슬레드미어의 마을, 사춘기 시절 일해봐서 유대감을 느끼는 장소인 밭과 농장을 보았다. 데이비드는 요크셔를 표현한 작품에 초점을 바꾸는 그의 기술을 적용했다. 선명한 색과 소박한 분위기가 특징인 이 작품들은 풍경뿐 아니라 자신이 머무는 집에서 조너선의 집까지 가는 길을 표현했다. 조너선이 세상을 떠나고 로스앤젤레스에 돌아온 데이비드는 기억을 되살려 요크셔를 계속 그렸고 육십 점의 작은 그림들을 이어 그랜드캐니언의 대형 작품을 완성했다. 가로 7미터, 세로 2미터에 달하는 이 작품은 그가 그때까지 완성한 작품 중 가장 컸다. 이때가 강렬한 창의성이 넘쳤던 마지막 시기였다. 그 이후에는 카메라 옵스큐라로 작업한 초상화만 있다.

뉴욕 강연회 이후 데이비드는 친구가 죽은 로스앤젤레스에서 더 살고 싶지 않았다. 마음을 정하지 못한 상태에서 그는 일단 런던에 가기로 했다. 몇 년 전부터 그의 초상화를 그려보고 싶다고 했던 루치안 프로이트의 청을 수락한 것이다. 프로이트는 백 시간 정도가 필요하다고 했는데 그동안 데이비드에게는 그 정도의 시간이 나지 않았었다. 이 기회가 프로이트 같은 훌륭한 화가의 작업 방식도 보고 자신의 다음 행보도 생각해볼 시간이 될 것 같았다.

  데이비드는 두 달 동안 프로이트의 작업 방식을 지켜보았다. 프로이트는 작업 방식이 데이비드와 아주 달랐고 매우 느렸다. 겉으로 보기에는 그의 아틀리에처럼 정리가 안 된 것 같았지만 사실 프로이트는 매우 정교하고 심오한 작업 방식을 가지고 있었다. 데이비드는 하루에 두 번씩 지나다니던 홀랜드 공원도 관찰했다. 홀랜드 공원은 펨브로크 가든과 켄싱턴 처치가에 있는 프로이트의 집 사이에 있었다. 3월 말에서 4월 말까지 데이비드는 몇십 년 동안 캘리포니아에서 사느라 잊었던 봄의 개화를 보았다.

  그는 일체스터 플레이스를 통해 공원으로 들어갔다가 더체스 오브 베드퍼드 워크 쪽으로 나왔다. 매일 같은 길로 다녔지만 하루도 똑같은 날이 없었다. 데이비드는 그렇게 다양한 나무와 덤불, 잎과 꽃을 본 적이 없었다. 색은 캘리포니아보다 더 선명했지만 더 단조로웠다. 영국에서는 안개가 다양한 톤의 초록색을 만들어냈고 무한한 색조를 연출했다. 벌써 벚꽃, 사과나무꽃, 목련 등 흰 꽃과 연분홍 꽃이 피었다. 아직 꽃눈이 맺힌 나무들도 있었다. 수많은 어린잎이 하루가 다르게 자라면서 아름다운 레이스가 펼쳐졌다. 밤나무, 단풍나무, 너도밤나무에는 초록 잎들이 무성하게 나서 가지가 거의 땅에 닿을 정도로 늘어졌다. 가지들이 엉켜 있는 물푸레나무와 버드나무는 루치안 프로이트처럼 겨울잠에서 깨는 데 서두르지 않았다. 라일락, 장미, 백리향, 세이지, 월계수에서는 진한 향이 뿜어져 나왔다.

    데이비드는 9·11 테러, 친구의 죽음, 폭력적이고 비관적인 세상에서 벗어난 지 얼마 되지 않아 이렇게 감미로운 나날을 보내게 되리라고는 상상하지 못했다. 아침 여덟 시가 되면 공원은 날씨에 상관없이 생명력이 넘쳐흘렀다. 교복을 입은 초등학생들이 뛰어다니며 갖가지 색의 공으로 놀이를 했고, 개들도 자유롭게 뛰어다녔다. 새싹이 터지고 나무는 초록으로 우거졌다. 아이나 개처럼 비명을 지르거나 짖지 않았지만 조용한 생명력을 자랑했다. 어쩌면 주변 환경의 모든 디테일을 정확하게 파악하려면 귀를 닫고 눈으로만 봐야 하는 건지도 몰랐다. 데이비드는 이렇게 긴장이 풀린 적은 처음이었다. 어떻게 영국의 소박한 공원이 그랜드캐니언과 사막의 화려한 광경만큼 그에게 황홀감을 줄 수 있을까? 데이비드는 초상화가 완성되었다는 프로이트의 말에 실망할 정도였다. 그건 그렇고 초상화는 훌륭했다.

    그런 충만함이 그를 수채화로 이끈 것일까? 아마추어 화가의 영역이라 그가 늘 교묘히 피해왔던 영역을?

    데이비드는 수채화에 빠졌다.

    그 일은 봄이 길게 이어지던 5월 초 뉴욕에서 벌어졌다. 데이비드는 호텔 방에서 창문 너머로 싹이 트는 나무들을 바라보았다. 매일같이 초록이 짙어지던 나무를 보다가 그는 갑자기 나무를 그리고 싶다는 생각이 들었다. 그것도 수채화로. 런던으로 돌아온 그는 펨브로크 스튜디오에서 정원을 보며 수채화를 그렸고, 그 이후에는 당연히 홀랜드 공원을 그렸다. 수채화 기법을 익히는 데 육 개월이 걸렸다. 수채화는 빨리 그려야 했고 수정할 수 없기 때문에 마치 체스를 둘 때처럼 다섯 수 정도를 미리 생각해둬야 했다. 세 번 이상 덧칠하면 색이 선명하지 않았다. 그러니까 색을 칠하면서 동시에 그림을 그려야 했다. 데이비드는 풍경화에서 초상화로 넘어갔다. 서른 점의 2인 초상화를 빠른 속도로 완성했다. 모델들을 연두색 배경 앞에 놓은 의자에 앉혀서 하루에 한 작품 정도 그렸다. 이 작품들이 국립 초상화미술관에 전시되자 평론가들은 작품이 일관성이 없고 서투르며 캐리커처 같다고 악평했다. 하지만 데이비드는 빠른 속도로 그려야 해서 손이 흐름을 멈추지 못하게 되자 어떤 해방감을 맛보았다. 어떤 시스템이 작동하면서 그를 어딘가로 데려갔다. 이십 년 전 포토몽타주를 시작했을 때처럼 그는 이 작업이 그를 어디로 데려가는지 아직은 알지 못했다. 흐름을 따라가기만 하면 되었다. 그러려면 수십 년 동안 그의 작업과 영감의 장소였던 로스앤젤레스로 돌아가야 했다. 2003년 2월에 그는 존과 함께 캘리포니아로 날아가 몽캄 애비뉴의 아틀리에에서 수채화를 그렸다. 그리고 기다렸다.

우연도 이런 우연이 없다. 5월에 존은 처리할 일이 있다며 일주일 일정으로 런던으로 떠났다. 그런데 돌아오는 길에 세관에서 체포되어 심문을 받고 구금되었다가 영국으로 추방되었다. 예전에 비자 만기일이 하루 이틀 정도

지난 적이 있었는데, 9·11 테러 이후 이민법이 훨씬 더 엄격해진 것이다. 데이비드는 이 말도 안 되는 일을 시간 낭비와 돈 낭비로 여겼다. 그는 변호사에게 연락하고 부시 행정부와 연줄이 있는 수집가 친구들과 영국의 고위 인사들에게까지 전화를 걸었다. 미국 공무원들은 영국의 살아 있는 화가 중 가장 유명한 그를 특별 대우하지 않았다. 존이 테러 위협을 가한다는 증거는 없었지만 미국(그의 집)으로 돌아가는 것을 승인할 수는 없다고 했다. 데이비드는 이 이상한 현실을 갑자기 자각했다. 미국 국적을 가진 자녀와 집, 직장이 있어도 매일 체포되어 즉시 추방되는 이민자들의 현실을. 그는 존 없이는 살 수 없었다.

그게 그가 살기로 선택했던 나라였다. 자유의 나라. 어렸을 적 그가 알았던 캘리포니아는 어디로 간 걸까? 애국법 제정 이후에는 공공장소에서 흡연을 금지하는 청정실내공기법이 통과되면서 미국에서 개인의 자유는 더욱 제한되었다. 담배를 우울증 치료제로 대체하고 보잘것없는 노인의 손가락에서 불 꺼진 담배꽁초만 보면 얼굴을 찌푸리는 건강복지의 테러리스트들은 그게 다 너희 잘되라고 하는 일이라고 말한다. 흡연자였던 피카소는 아흔한 살까지 살았고 역시 흡연자였던 마티스도 여든네 살까지 살았다. 모네도 담배를 피웠지만 여든여섯 살까지 살았다. 데이비드의 아버지는 열렬한 금연 운동가였지만 일흔다섯 살에 세상을 떴다. 그렇다면?

데이비드는 영국으로 돌아갔다.

애국법은 삼십 년 이상 그에게 영감의 원천이었던 곳에서 그를 쫓아냈다. 데이비드는 영국 어디에 살지조차 결정할 수 없었다. 요즘 세상에서 화가는 아무것도 아니었다. 그저 키도 없이 파도에 떠밀려 다니는 배에 불과했다.

데이비드는 요크셔의 브리들링턴에서 여름을 보내기로 했다. 어머니를 위해 샀던 해변의 벽돌집이 있는 곳이었다. 그러면 아픈 남편을 돌보는 누나 마거릿과 가까이 지낼 수 있었다. 매형이 죽자 데이비드는 누나 곁을 지켰다. 두 사람은 매일 자동차를 타고 시골길에서 오랫동안 드라이브를 즐겼다. 데이비드는 요크셔 월즈에 특히 매력을 느꼈다. 월즈는 그가 어렸을 때 봤던 석회암 구릉들이다. 드라이브 도중 사람을 만나는 경우는 아주 드물었다. 몇몇 농부가 전부였고 관광객은 없었다. 브리들링턴은 런던과 꽤 멀어서 데이비드를 방해하러 오는 사람도 없었다. 데이비드가 자신을 위해 미국을 떠난 것을 아는 존이 그를 더 사랑하게 되어 브리들링턴에 정착했고, 앤과 그녀의 남편이 추천해서 조수로 고용한, 아코디언을 연주하는 프랑스 청년 장피에르가 있었다. J. P.라고 불렸던 장피에르는 아마 브리들링턴에 사는 유일한 파리지앵이었을 것이다. 그는 시골을 누비는 데이비드의 운전사 역할을 했다. 데이비드는 이곳저곳에서 잠시 차를 멈추게 하고 내려서 아코디언처럼 펼쳐지는 일본 노트에 크로키를 그렸다. 그는 전봇대 하나, 광고판 하나 없이 깨끗한 풍경을 점점 더 좋아했다. 이곳을 지나면 자동차 한 대 마주치지 않을 때가 많았다. 한 시간 반 정도면 풀밭 그림으로 노트 하나를 다 채울 수 있었다. 풀을 그리면서 풀을 보는 법을 배웠다. 그것은 사진을 찍으면서는 할 수 없는 일이다. 공간감을 느끼려면 시간이 필요하기 때문이다. 조너선을 위해 그렸던 요크셔의 풍경과는 달리 이번 수채화들은 전경이나 시골길이 아니라 도로를 따라 펼쳐지는 밭과 계절에 따라 바뀌는 색을 표현했다.

2005년 봄 로스앤젤레스에 들른 데이비드는 갑자기 유화로 그림을 그리고 싶은 마음이 들었다. 수채화를 몇 년 동안 그리면서 그 기법은 매우 풍부하지만 너무 쉽다는 생각이 들었다. 유화를 못 할 건 또 뭔가? 브리들링턴에 돌아온 데이비드는 이번에는 유화로 풍경화를 그리기 시작했다. 내면에서 넘치는 에너지와 기쁨을 막을 방법은 없었다. 2002년 4월 홀랜드 공원에서 산책을 했을 때부터, 그가 은혜를 입었을 때부터 (그것은 종교적이고 성스러운 은혜였다) 그가 다루고자 했던 주제는 점점 더 선명해졌다. 눈을 가리고 목표에 다가가는 어린아이의 심정처럼 그는 조바심이 났다. 그는 밭에서 나무로 옮겨갔다. 자연이 만든 궁륭처럼 나뭇가지가 서로 가운데서 만나는 가로수 늘어선 길이 특히 마음에 들었다. 그는 계절이 바뀔 때마다 이 길을 그리면서 빛과 색의 변화를 놓치지 않았다. 계절만큼 아름다운 것은 없었다. 그것은 변화의 본질 그 자체였다. 바로 생명이었다.

그는 19세기 바르비종파 화가들이 그랬던 것처럼 소재

를 바로 앞에 둘 수 있는 야외에서 그림을 그렸다. 겨울이 오면 J. P.와 그는 두꺼운 옷을 여러 겹 걸쳐 입고 미슐랭의 캐릭터 비벤덤 같은 모습으로 다녔다. 여름에는 오전 여섯 시에서 아홉 시 사이가 빛이 가장 아름다워서 새벽같이 일어나야 했다. 비가 내리기 시작하면 J. P.가 큰 우산을 펼쳤다. 그런 날에는 그림에 가끔 빗방울 자국이 남기도 했다. 데이비드는 아프가니스탄에서 군인들이 타는 토요타 픽업트럭을 사서 궂은 날씨에도 험한 길을 다닐 수 있었다. 차 뒤에 큰 선반을 달아서 마르지 않은 그림을 넣을 수 있도록 했다. 데이비드는 이런 설비 문제가 보이 스카우트 캠프를 떠올리게 해서 재미있었다. 하지만 무엇보다 그림을 그릴수록 더 선명하게 볼 수 있다는 게 중요했다. 더 정확하고 집중해서 볼수록 그림을 그리고 싶다는 욕구도 강해졌다.

데이비드는 대륙과 대륙을 오가며 관점을 바꾼 것이 그에게 새로운 아이디어를 주었다는 생각이 자주 들었다. 2006년 7월 로스앤젤레스 카운티 미술관에서 열린 그의 초상화 회고전에 간 데이비드는 아틀리에의 큰 벽에 자신이 그린 풍경화 복사본을 붙였다. 여섯 개의 그림을 겹쳐서 한 작품이 완성되었다. 그렇게 해서 아홉 개의 작품을 나란히 배치했다. 멀리 서서 작품들을 바라보니 쉰네 개의 그림이 하나의 거대한 작품을 이룬다는 사실을 깨달았다. 그는 이런 작품도 실현 가능한지 궁금했다. 가로 12미터, 세로 4미터의 대형 작품은 그가 만든 가장 큰 작품〈더 큰 그랜드캐니언〉보다 두 배나 컸다. 인간의 눈은 그렇게 큰 작품을 고안할 수 없다. 하지만 컴퓨터는 가능하다. 컴퓨터를 잘하는 누나가 일 년 전에 수채화를 스캔해서 런던과 로스앤젤레스에 있는 친구들에게 이메일로 전송하는 방법을 보여준 적이 있었다. 스캐너가 문제의 답이 되었다. 손으로 그린 그림을 똑같은 크기의 직사각형으로 잘라서 스캔하면 컴퓨터 화면에서 퍼즐을 완성할 수 있을 것이다. 그러면 사다리를 놓을 필요 없이 전체를 보면서 부분을 하나씩 그릴 수 있다.

브리들링턴으로 돌아가는 길에 데이비드는 들떠 있었다. 우선 좋은 장소를 찾아야 했다. 그는 J. P.와 시골길을 천천히 달리며 장소를 물색했다. 워터라는 이름을 가진 마을 경계에서 작은 숲을 보았다. 그 중심에 거대한 늙은 개버즘나무가 족장처럼 우뚝 서 있었다. 나무에서 뻗어 나온 수천 개의 가지는 서로 닿지 않으면서 정교하게 얽혀 하늘로 뻗어 올랐다. 뇌혈관을 닮은 복잡한 선이 사방으로 뻗어 있어서 원근법을 전혀 따르지 않았다.

데이비드가 원하던 것이었다. 그는 그 나무 한 그루만 그릴 생각이었다. 자연만큼 위대한 나무. 그것이 그림의 중심이 될 것이었다. 여정을 나타낸 그림에서는 길이 중심이었지만 말이다. 나무는 영웅이다. 산소를 내보내고 땔감이 되고 그늘을 마련해주며 인간을 충실하게 섬긴다. 어린눈, 잎, 꽃, 열매, 겨울눈으로 차례대로 뒤덮이면서 생명의 순환을 몸소 보여준다. 세상에 똑같이 생긴 나무는 하나도 없다. 데이비드는 나무를 관찰하다가 나무와 가깝다는 느낌이 들었다. 마치 친구처럼. 구부러진 가지와 엉킨 줄기들을 보면 돌아가시기 얼마 전 스위치 하나 끄기 힘들 정도로 관절염을 심하게 앓던 어머니의 손이 떠올랐다. 나무는 어머니를 닮았다. 참을성 있고, 의연하며, 안정감 있고, 충직하다. 나무는 은밀하고 신비로우며 위대한 존재감을 내뿜는다.

데이비드는 왕립예술원의 현대미술 수석 큐레이터에게 전화를 걸어 여름 전시회에서 갤러리 3의 큰 벽을 비워달라고 요청했다. 백 명의 회원 대부분이 자신들의 작품을 걸고 싶어 하는 벽이었다. 큐레이터는 기획 위원회와 왕립예술원 이사회를 설득해야 했다. 그러니 데이비드는 큐레이터를 설득해야 했다.

"에디트, 야외에서 초대형 작품을 완성하려고 해요. 왕립예술원의 하계 전시회 239년 역사상 가장 큰 작품이 될 겁니다."

그가 열광하는 이유는 그가 세울 신기록이 아니라 가장 위대한 작품을 완성하리라는 자각이었다. 크기뿐만 아니라 주제와 에너지 면에서 그의 작품 중 가장 대단한 작품이 될 것이다. 그것은 그가 화가로 활동하면서 완성한 가장 큰 작품이 될 것이고 나머지 모든 작품의 결과물이기도 할 것이다.

겨울이 몇 주밖에 남지 않았다. 겨울에는 해가 여섯 시간만 떠 있으니 서둘러야 했다. 데이비드는 유독 겨울에

나무를 그리고 싶었다. 가지가 잎의 무게를 떠받치느라 인간이 결국 묻힐 땅으로 늘어지는 계절이 아니라 가지가 살아 있는 계절에 말이다. 겨울에는 가지가 자유롭고 가벼워져 하늘을 향하고 하늘과 대화를 나누는 것 같았다. 겨울 나무보다 더 우아하고 자존감 있는 건 없다.

데이비드는 관객들이 전시실에 들어서면서 대성당에 들어갈 때처럼 경건한 마음을 느끼기를 바랐다. 그림은 관객이 본능적으로 작품에 공감할 수 있도록 관객을 품어야 한다. 그래서 그만큼 대형이어야 한다. 그래야 거대함 앞에서 인간이 얼마나 하찮은 존재인지 상기할 수 있다. 데이비드는 사진보다 훨씬 더 신비로운 공간을 재현하고 싶었다.

할 일이 많아지자 그는 로스앤젤레스에 있는 옛 조수까지 불러들였다. 그리고 현지에서도 열여덟 살 청년을 고용했다. 존이 한 바비큐 파티에서 만난 그 청년은 용돈벌이로 가끔 데이비드의 개들을 산책시키곤 했다. 데이비드는 브리들링턴 교외의 산업 지구에 있는 천 제곱미터가 넘는 창고를 빌렸다. 작품 전체를 한눈에 보기 위해서였다.

삶은 퍼즐이다. 데이비드가 생각했던 것과는 달리 인생에서 우연히 일어나는 일은 없었다. 데이비드는 그 퍼즐의 조각을 어떻게 맞춰야 할지 이해하기 시작했다. 자연이라는 위대한 책에는 그가 수십 년 동안의 캘리포니아 생활을 청산하고 조상의 땅, 어린 시절을 보냈던 고향으로 돌아가서 그의 위대한 작품이 될 나무를 그리게 되리라고 적혀 있었다. 그러고 보면 여러 상황이 수학의 공리처럼 엄격한 규칙에 따라 그를 이곳에 이르게 했다. 존을 영국으로 추방한 미국의 새로운 국가보안법, 영국으로 돌아갈 결심을 하게 만들 정도로 굳건했던 존에 대한 사랑, 시각을 발달시킨 난청, 어머니의 죽음, 컴퓨터를 가르쳐준 누나, 자연과 가까워질 수 있도록 만들어준 수채화, 루치안 프로이트의 느림과 정확한 눈을 관찰하며 보낸 몇 달, 매일 오갔던 홀랜드 공원과 황홀했던 공원의 봄 풍경….

왕립예술원에 전시된 작품은 그가 바랐던 대로 매우 강렬했다. 큐레이터는 런던 올림픽이 열릴 2012년에 풍경화 전시회를 대규모로 열자고 제안했다. 준비할 시간이 앞으로 오 년 남았다.

할 일이 많았다. 기록해야 할 형태와 색이 많았지만 데이비드는 어디서부터 시작해야 할지 몰랐다. 물웅덩이에 떨어지는 빗방울에도 그는 매료되었다. 봄에 산사나무꽃이 피면 감동에 젖었다. 꽃은 이 주일밖에 피지 않았고 그래서 데이비드는 그동안 잠을 거의 잘 수 없었다. 그런 걸작에서 떨어지는 부스러기를 어찌 놓칠 수 있을까! 가장 아름다운 빛은 새벽 다섯 시에서 여섯 시 사이에 만날 수 있었다. 그러니 새벽이 오기 전에 출발해야 했다. 데이비드와 J. P.는 모네가 지베르니에서 지내면서 그랬듯이 새벽 다섯 시에 일어났다. 날이 갈수록 선명한 초록은 마술처럼 하얗게 변했고 흰색이 조금씩 초록색을 완전히 뒤

덮었다. 향긋한 꿀 향이 나는 수천 개의 연약한 꽃으로 만들어진 흰색이었다. 크림색에 가까운 흰색 꽃잎들이 에클레어에 넣는 크림을 연상시켰다. 데이비드는 그렇게 먹을 수 있는 맛있는 음식처럼 꽃잎을 그렸다. 자연이 모든 감각을 충족시키는 거대한 연회로 변했다.

일본에서는 수천 명이 벚꽃을 구경하러 거리에 운집한다던데 요크셔의 산사나무꽃을 구경하러 온 사람은 그와 J. P.가 전부였다. 데이비드는 이 주 동안 쉬지 않고 그림을 그리고는 몸져누웠다. 자신도 모르게 몸이 축났던 것이다. 열이 펄펄 끓었다. 이듬해 봄에는 더 멀리까지 가보았다. 산사나무 수풀이 거대한 사람의 형상을 하고 있는 곳이었다. 나무들은 마치 지나가는 사람들을 잡아먹기라도 할 듯이 길 쪽으로 기울어져 있었다.

데이비드는 일흔 살이었고 곧 일흔한 살이 되지만 그 어느 때보다 살아 있음을 느꼈다. 시인 윌리엄 블레이크는 '만약 지각의 문이 깨끗해진다면 세상 만물은 인간에게 있는 그대로인 무한대의 모습을 드러낼 것이다'라고 했다. 노년은 대청소를 할 나이이다. 성적 욕망과 사회적 야망을 내려놓아 그 어느 때보다 더 잘 보일 아름다움을 망각의 늪에서 빼내 올 마음이 생길 나이이다. 중국인은 회화가 노인의 예술이라고 말한다. 살면서 축적된 그들의 경험(그림, 관찰, 인생)이 작품에서 분출되기 때문이다. 데이비드는 마침내 세상 만물의 무한성을 발견했다. 사막이나 그랜드캐니언 북쪽과 게로비 언덕에서 바라본 전경이 아니라 잎이 떨어진 헐벗은 나뭇가지에서, 한 포기 풀에서, 산사나무꽃의 개화에서 그것을 본다. 그는 더 이상 자연을 눈으로 지배하려 하지 않았다. 그는 자연을 올려다보는 법을 배웠고, 자아를 잊고 마치 산사나무 수풀에 삼켜진 듯 자연 안에 녹아드는 법을 배웠다. 작업을 하면서가 아니라 자연을 관조하면서 자기 자신을 잊고 몰두하는 경험을 한 건 처음이었다.

화재로 그을려 색조가 어두워진 클로드 로랭의 작품 〈산상 설교〉가 뉴욕 프릭 컬렉션에서 관람을 하던 데이비드의 눈길을 사로잡았다. 그림에는 바위산 꼭대기에서 제자들에 둘러싸인 예수가 보인다. 그는 들판에 있는 양치기들을 바라보며 설교를 하고 있다. 시점은 예수가 아니라 전경에 배치된 양치기와 그의 아내에게서 출발한다. 두 사람은 산 아래에서 그림 중앙에 있는 산과 자그맣게 표현된 예수, 그리고 광활한 하늘을 쳐다보고 있다. 이 작품은 관객의 시선을 위로 끌어 올려 하늘에 시선을 매달아놓는다. 대단하다. 데이비드는 이 작품에서 자신의 새로운 시점을 보았다. 그는 열 개의 버전을 연이어 그렸다. 뒤로 갈수록 색을 점점 더 선명하고 사이키델릭하게 표현했다. 그는 또다시 과거의 주제를 가져와 새롭게 만들고 색과 생명력을 폭발시켰다. 요즘 누가 종교와 관련된 장면을 그리겠는가?

그건 마약을 멈추지 못하게 하는 광기와 비슷했다. 다만 창조적 광기였다. 그 에너지는 몇 년 동안 한 번도 멈추지 않고 유지되었다. 데이비드는 마거릿 덕분에 아이폰을 알게 되었다. '브러시'라는 애플리케이션을 이용해 화면에 손가락으로 직접 그림을 그려보니 물감에 손가락을 담그는 아이처럼 즐거움을 느낄 수 있었다. 특히 아이폰의 최대 강점은 아침 일찍 발휘되었다. 어두워서 불을 켜지 않으면 그림을 그릴 수 없지만 그렇다고 불을 켜면 떠오르는 태양의 미묘한 색조 변화를 망가뜨릴 수밖에 없을 때 아이폰이 둘도 없는 해결사였다. 데이비드는 매일 아침 일조를 그려서 런던, 뉴욕, 로스앤젤레스에 사는 친구들에게 보냈다. 그는 반 고흐도 아이폰이 있었다면 테오에게 보내는 편지에 그려 넣었던 그림들을 아이폰으로 그렸을 것이고, 렘브란트도 아이폰을 사용하는 데 주저하지 않았을 거라고 확신했다. 스티브 잡스가 일 년 뒤에 아이패드 출시를 발표하자 데이비드는 곧장 신상품을 구매했다. 화면이 아이폰보다 네 배나 컸기 때문이다. 이제는 엄지뿐 아니라 다섯 손가락을 모두 쓸 수 있었고 아니면 스타일러스를 쓰면 되었다. 아이패드 덕분에 그는 담배꽁초가 가득한 유리 재떨이, 전등, 창문에 비친 자신의 모습, 세면대 수도꼭지, 테이블에 놓아둔 모자, 씻으려고 벗어둔 신발 옆에 있는 자신의 발, 꽃다발 등 시선을 끄는 모든 걸 그 자리에서 그릴 수 있었다. 그는 가지고 있는 재킷 모두에 안주머니를 달아서 언제나 아이패드를 들고 다닐 수 있게 했다.

  J. P.가 토요타 양쪽에 달아준 초소형 고화질 카메라로

도로를 달리면서 서로 다른 아홉 개의 각도로 계절의 변화를 기록했고, 보고 있으면 최면이 걸릴 것 같은 수많은 화면으로 구성된 작품 〈사계, 월드게이트 숲〉을 완성했다. 그는 신기술 없이도 문제없었다. 계속해서 나무를 그렸고 토템 같은 커다란 그루터기를 추기경처럼 보라색으로 칠하고 그 그루터기에 애정을 주었다. 그런가 하면 도로에 나란히 쌓인 통나무의 아름다움을 선명한 색으로 치장했다. 주황색으로 칠한 단면은 마치 살아 숨 쉬는 살처럼 보인다. 그는 나무, 어린눈, 꽃이 너나 할 것 없이 위를 향해 일어서는 계절, 자연 전체가 발기하는 계절인 봄의 도래를 양식화해서 표현한 서른두 점의 그림으로 거대한 작품을 완성했다. 미국의 평론가 클레멘트 그린버그는 누가 요즘 풍경화를 그리느냐고 하지 않았던가. 하지만 그는 컨스터블과 터너 이후 사라진 풍경화 장르를 회화 목록에 다시 올리게 된다.

행복은 성공에서 오지 않는다. 행복은 무엇인가를 향해서 또는 반해서 나아가 목표에 도달했다는 만족감에서 오지도 않으며 명예(일흔다섯 살 생일을 앞둔 어느 날 영국 여왕이 그에게 훈장을 수여했다. 영국에서 스물네 명밖에 받지 못했다는 훈장이다. 데이비드는 훈장에는 관심이 없었지만 그래도 수락했다. 거절하면 여왕이 화를 낼 것 같았고 그는 신사였기 때문이다)나 돈에서 오지도 않는다. 그의 작품은 이제 엄청난 가격에 필렸고 데이비드는 엄청난 부자가 되었다. 그러나 돈은 편리함만을 줄 뿐 본질, 즉 그림을 그리고 싶은 마음을 심어주지는 않았다. 행복은 물론 그림 그리는 일에서 온다. 그리고 관객의 눈 속에 무한이 담겨 있다는 의식에서 온다. 그러나 무엇보다도 행복은 우정에서 온다.

로스앤젤레스와 런던에서 그를 위해 일해주는 친구들이 있었다. 데이비드는 그레고리, 그레이브스, 그리고 몇몇 사람들을 전적으로 믿었다. 또 가족들도 있었다. 형과 누나는 여전히 요크셔에 살고 오랜 세월에도 가깝게 지냈다. 가까이 사는 마거릿은 거의 매일 만났고, 은퇴한 폴도 한 시간 거리에 살았다. 또 브리들링턴에도 친한 지인들이 있어서 외로움의 망령을 물리칠 수 있었다. 이들이 그의 팀이었다. 수는 적어도 바닷가에서 삼 분 거리에 있는 벽돌집에서 일상을 함께하는 친한 친구들이 그를 걱정해주고 그의 곁에 항상 머물 것이다.

존은 매일 꽃을 사서 집 안 구석구석을 멋지게 장식했고, 개들 산책을 도맡았다. 맛있는 요리를 준비해서 다홍색으로 벽을 칠한 식당에 음식을 내왔다. 그는 어머니처럼 사람들을 돌보았다. 존의 방은 이층에 있었는데 데이비드의 방을 마주한 복도 끝에 있었다. 수석 조수가 된 J. P.는 성인이 되어 독립한 아들 같았다. 그는 일층 스튜디오에 기거했고 주말에는 런던의 세인트 판크라스 역 근처에 있는 아파트에서 지냈다. 그는 데이비드를 태우고 시골을 누볐고, 데이비드는 J. P.처럼 인내심 있는 조력자를 만난 게 얼마나 큰 축복인지 모른다고 생각했다. J. P.의 시선은 해가 갈수록 노련해져서 이제는 풍경을 관찰하는 일에 데이비드만큼 열심이었다. 또 다른 조수는 일주일에 며칠만 나와서 기술적인 문제나 컴퓨터와 관련된 문제를 처리했다. '돔'이라 부르는 도미닉은 집안의 막내였다. 브리들링턴에서 나고 자란 그는 열일곱 살 때 한 바비큐 파티에서 존을 만났고 데이비드가 〈워터 근처의 더 큰 나무들〉을 작업할 때 데이비드를 돕기 시작했다. 이제 도미닉은 스물세 살이 되었다. 2학년 때 대학교를 중퇴하고 정규직으로 데이비드 밑에서 일한다. 그는 팀에 에너지와 젊음을 불어넣어준다. 데이비드가 그의 초상화를 그렸을 때나 그를 믿는다는 증거로 집 열쇠를 맡겼을 때 기뻐하던 모습은 바이런을 연상시켰다. 도미닉은 금발의 곱슬머리였고 몸도 운동선수 같아서 갈색 머리에 연약했던 바이런과는 전혀 닮지 않았지만 말이다.

이들은 데이비드에게 가족이다.

어쩌면 가족 이상이었다. 그들은 자유로운 정신과 육체를 가진 공동체였다. 개인의 자유가 언론, 인터넷, 정부에 점점 더 제한되는 세상에서 데이비드는 작은 자유의 섬을 만들었다. 브리들링턴의 집은 보헤미안의 삶을 살 수 있는 마지막 안식처였다. 그들은 담배도 피우고 술도 마시고 타인에게 해를 끼치지 않는 선에서 그들이 원했던 낙원을 만들었다. 존과 데이비드는 몇 년 전 성관계를 더는 갖지 않기로 합의했다. 데이비드가 일흔한 살 때였다. 존과 도미닉은 연인이 되었다. 존이 데이비드보다 스물아홉 살 어렸듯이 도미닉은 존보다 스물다섯 살 어렸다. 데이비드는 술도 마실 수 없었고 강한 마약은 할 수 없었으며 제대로 된 발기도 불가능했다. 그러나 질투를 느끼기는커녕 자신의 집에서 일어난 이 욕망의 이전에 기뻐했다. 관용은 멸종 위기의 가치이다. 바닷가 벽돌집 안에는 낙원이 숨어 있었다.

그건 나이가 들어가면서 유지하기 힘든 자유이다. 나이는 사람을 굳어진 습관 속에 가두고 온갖 두려움과 괴벽을 불어넣는다. 데이비드는 뉴욕에서 오랜만에 피터와 저녁을 먹으면서 그것을 깨달았다. 옛 연인은 데이비드를 버리고 선택한 덴마크 연인과 여전히 함께 살고 있었다. 둘은 데이비드보다 열 살이나 어렸는데도 술과 담배를 하지 않았다. 담배 냄새는 조금도 참지 못했고 유기농 식품만 먹었다. 무슨 일이 있어도 열 시에 잠자리에 들어야 한다며 틈만 나면 시계를 들여다봤다. 할머니 둘을 보는 기분이었다. 데이비드는 두 사람과 헤어지면서 어떻게 저런 남자를 사랑했나 싶었다.

데이비드가 브리들링턴에 산 지도 구 년이 되었다. 쉼 없이 창작 의욕으로 불탔던 시간이었다. 캘리포니아에서도 이렇게 긴 사이클을 경험한 적이 없었다. 모네는 지베르니의 소박한 집에서 요리사, 정원사, 저수지, 멋진 아틀리에에 둘러싸여 사십삼 년을 살았다. 마흔세 번의 봄과 마흔세 번의 여름을 보낸 것이다. 데이비드는 그보다 더 나은 생활방식은 없다고 생각했다. 그의 일을 봐주는 에

이전시는 로스앤젤레스에 있었고 오전 열 시에 문을 연다. 그곳 열 시는 브리들링턴에서 오후 여섯 시다. 덕분에 데이비드는 긴 하루를 조용히 보낼 수 있었다. 행정적인 문제가 그의 관조를 방해하는 일은 없었다. 그는 쉬지 않고 작업에 몰두했고 피로도 전혀 느끼지 못했다. 10월의 어느 날 아침, 그는 신문을 사러 평소처럼 동쪽으로 뻗은 넓은 바닷가를 걸어갔다. 해안가에는 플램버러 곶 특유의 흰 절벽들이 서 있었다. 데이비드는 회색빛 땅과 북해의 차가운 파도를 바라보다가 누나의 말이 떠올라 웃음을 지었다. "난 가끔 공간이 신이라고 생각해." 그건 매우 시적이면서도 참 맞는 말이었다. 데이비드도 주위에 공간이 있을 때만 행복을 느꼈다. 그때 갑자기 이유 없이 발을 헛디뎠다. 모래에 구멍이 있거나 발에 걸릴 돌이 있을 리 만무했다. 그는 넘어졌지만 다친 곳 없이 일어났다. 신문을 사고 집에 돌아왔는데 이번에는 말을 끝맺지 못한다는 걸 깨달았다. 갑자기 말이 안 나오는 상황이 바닷가에서 쓰러진 일과 무슨 연관이 있는 건 아닐까. 존이 부른 구급차가 십 분 만에 도착했다. 또 심장마비였다. 이번에도 존이 그의 손을 잡고 그를 병원으로 데려갔다. 이번에는 구급차를 타고.

데이비드는 몇 주, 아니 몇 달이 걸려서 다시 정상적으로 말을 할 수 있었다. 그는 자신이 얼마나 행운아인지 알고 있었다. 오른손은 마비되지 않았던 것이다. 그에게는 손이 말보다 더 중요했다. 이번이 두 번째 뇌출혈이었고 첫 번째와 마찬가지로 치명적이지 않았다. 크리스토퍼, 헨리, 조너선처럼 췌장암으로 죽은 것이 아니라 단순한 췌장염에 걸렸었다. 에이즈가 펼친 죽음의 그물에서도 빠져나왔다. 죽음이 그를 가지고 놀았다. 그를 쥐고 흔들었다. 그러나 결국에 가서는 인간의 조건을 그에게 환기하기만 했다. 그림을 그릴 시간은 무한정 남아 있지 않았다.

기술을 많이 이용했던 그는 다시 전통적인 기법으로 돌아가고 싶었다. 바로 목탄화다. 데이비드는 토템을 닮았던 그루터기를 그리기 시작했다. 못된 놈들이 얼마 전 그루터기를 조각내고 그라피티로 뒤덮었다. 이 모독 행위가 데이비드에게 슬픔을 안겨주었다. 그 슬픔은 흑백으로 그린 목탄화에 그대로 드러난다. 목탄화는 헐벗은 겨울을 표현하는 데 완벽했지만 그는 도전에 나섰다. 봄의 도래를 흑백으로 그려보자! 오래전부터 밝고 강한 색을 좋아했던 그가 말이다. 심장마비와 대중과 평단에서 찬사를 받은 왕립예술원 풍경화 전시회 때문에 심신이 지쳤던 데이비드는 밤 아홉 시만 되면 잠자리에 들었다가 예전보다 일찍 깼다. 그는 차 안에서 책을 읽거나 음악을 듣는 J. P. 옆에 앉아서 몇 시간 동안 고도의 집중력을 발휘하며 그림을 그렸다. 생활 리듬은 느려졌지만 두 번의 뇌출혈에서 회복한 일흔다섯 살 노인의 삶은 흥분으로 가득 찼다.

이틀 연속 J. P.와 야외에서 온종일을 보낸 뒤 그는 눈을 감고 자고 싶은 생각밖에 안 들었다. 그림은 엄청난 집중력을 요구했고 눈을 피로하게 했다. 방에 들어가면 보청기를 벗고 자리에 눕자마자 잠에 빠져들었고, 열 시간 정도 자고 난 뒤에 일어났다. 아침에 부엌에 가보니 J. P.가 식탁에 앉아서 두 손에 얼굴을 파묻고 평소와 다른 자세로 앉아 있었다.

"벌써 일어났어?"

J. P.가 고개를 들었다. 표정이 이상했다.

"데이비드…."

그는 직감했다. 금속성의 차가운 목소리. 존이 떠오르고 두려움이 밀려왔다.

"무슨 일이야?"

"돔… 돔이 죽었어요."

"돔이?"

말도 안 된다. 열 시간 전 데이비드가 잠자리에 들기 전에 물 한 잔 마시러 왔다가 여기 이 자리에서 봤던 그다. 냉장고 문을 열고 안을 들여다보던 도미닉은 티셔츠와 팬티 차림이었다. 금발의 가는 털이 북슬북슬 난 근육질의 허벅지가 그대로 드러났다. 도미닉은 데이비드의 소리를 듣고 깜짝 놀라며 돌아섰다. 손에는 사과와 요구르트가 들려 있었다. 그는 화요일에는 럭비 연습이 있어서 못 온다고 말했다.

데이비드는 의자에 주저앉았다. J. P.는 간밤의 일을 들려주었다. 존과 도미닉은 이틀 동안 술과 마약을 하며 보냈다. 도미닉이 새벽 네 시에 존을 깨워 병원에 데려다달라고 부탁했다. 도미닉은 창백했지만 아픈 것 같지 않았고 혼자 옷도 입을 정도여서 존도 겁을 먹지 않았다. 둘은 다섯 시쯤 집을 나섰다. 병원으로 가는 도중에 도미닉은 의식을 잃었고, 의사는 그를 살려내지 못했다. J. P.도 그 이상은 알지 못했다.

"존은 어디 있어?"

"병원에요."

존은 넋이 나가서 돌아왔고 며칠 뒤 병원에 입원해야 했다. 데이비드와 J. P.는 욕실 세면대에서 변기 뚫는 데 쓰는 용액을 담은 병이 비어 있는 걸 발견했다. 그제야 도미닉이 자살한 것을 알게 되었다.

데이비드는 억지로라도 그림을 다시 그리려 했다. 그림만이 현실에서 벗어나게 해주었다. 예술은 그런 힘이 있었다. 데이비드의 눈이 풀 한 포기에 집중하면 나머지 세상은 사라졌다. 5월이 되면서 그는 매일 그림을 그렸다. 새로 난 잎, 어린눈, 꽃잎을 흑백으로 그렸다. 그러고 나서 J. P.와 런던으로 떠났다. 도미닉의 추억이 가득한 브리들링턴에서는 더 이상 지낼 수 없었다.

로스앤젤레스의 친구가 죽고 십이 년 만에 처음 맞는 죽음이었다. 죽음이 드디어 갈퀴를 거두었다고 생각하던 차에. 게다가 가장 끔찍한 죽음이었다. 그가 자고 있던 집에서 벌어진 일이었으니까. 가까이에서 아이가 죽었다. 그는 아무것도 보지 못했고 듣지 못했다. 그것은 한 인생의 끝이었고, 그들이 만든 팀, 가족, 자유, 기쁨의 끝이었다. 음울하고 병적인, 도덕을 강요하는 세상이 승리한 것이다. 에이즈가 친구들을 무더기로 데려가던 시절 그들은 모두 희생자였다. 그들은 죽고 싶지 않았다. 그런데 지금은 그들 중 가장 어린 사람이 스스로 목숨을 끊었다. 영국의 보수주의자들이 기뻐하겠다. 그리고 전 세계 테러리스트들도.

데이비드와 J. P.는 캘리포니아로 갔다. 몽캄 애비뉴의 집은 그대로였다. 여전히 밝은 색감과 새파랗게 빛나서 마치 아크릴 물감으로 그린 것 같은 열대 식물이 기다리고 있었다. 캘리포니아도 변하지 않았다. 예전처럼 찬란하고 향기롭고 햇빛이 가득했다. 비극에 무심한 하늘은 여전히 파랬다. 아침에 일어나 따뜻한 기운을 느끼고 프러시안 블루로 칠한 계단을 내려가 수영장에 들어가면 기분이 좋았다. 무성한 야자수, 푸크시아, 아가베, 알로에가 주위를 감싼 수영장 물에는 햇빛이 반사되고 있었다. 데이비드는 밖을 나가지 않았고 아무도 만나지 않았다. 더 이상 그림을 그릴 수 없었다.

프러시안 블루로 칠한 난간이 있는 데크에 앉으면 냉장고 앞에 서 있던 도미닉이 눈앞에 선했다. 데이비드가 부엌으로 들어서자 도미닉은 어린아이 같은 얼굴에 놀란 표정을 가득 담아 그를 돌아보았었다. 도미닉이 럭비 훈련 때문에 화요일에는 못 온다고 말하던 목소리가 들리는 듯했다. 데이비드는 그가 보지 못했던 장면을 계속해서 떠올렸다. 한밤중에 존의 침대에서 도미닉이 일어나 욕실로 걸어간다. 변기 밑에 있는 플라스틱 병을 집어 든다. 두 손가락으로 뚜껑을 누르며 연다. 아이들이 먹지 못하도록 만든 안전 마개는 죽음의 위험을 알리는 경고문이나 마찬가지였지만 도미닉은 아랑곳하지 않는다. 병을 입술에 대고 액체를 들이붓는다. 물이나 위스키를 들이켜듯 관도 뚫어버리는 황산을 마신다. 소크라테스가 독배를 마시듯 도미닉은 죽음을 마신다. 누런 액체가 입술과 목구멍, 식도를 바로 태우지 않았을까? 도미닉은 언제 욕실에 간 걸까? 소변을 보러 간 걸까? 아니면 자살을 하러 간 걸까? 플라스틱 병을 보고 자살할 생각이 난 걸까? 현기증이 난 사람을 자석처럼 잡아당기는 낭떠러지처럼? 도미닉은 용액을 마시고 곧바로 후회했을까? 병원에 데려다달라고 존을 깨웠으니까 그랬겠지. 그런 생각이 들자 데이비드는 괴로웠다. 과거로 돌아갈 방법은 없었으니까. 존이 구급대를 불렀어도 어쩔 수 없었다. 황산이 이미 할 일을 다 한 뒤였다. 고통이 찾아오기 전에 의식을 잃었을까? 데이비드는 그랬길 바랐다.

왜 죽음은 그를 비껴가서 스물세 살밖에 안 된 청년을 쳤을까? 왜 데이비드는 데려가지 않는 걸까? 이런 질문들이 그의 머릿속에서 계속 메아리쳤다.

어느 날 J. P.가 나무 손잡이가 달린 노란 소파에 앉아 있었다. 양손에 얼굴을 묻고 앉아 있는 자세가 다섯 달 전에 브리들링턴의 부엌에 들어가며 보았던 바로 그 자세였다. 데이비드는 갑자기 J. P.를 그리고 싶었다. 그래서 움직이지 말라고 한 뒤 크로키 노트를 들고 와서 그리기 시작했다.

    이제 그는 친구들이나 지인들이 찾아와 노란 소파에 앉아 초상화 모델이 되어주기를 바랐다. 똑같이 청록색으로 배경을 칠할 예정이지만 십 년 전, 풍경화를 그리기 전에 그렸던 수채화 때보다 더 밝은 청록색을 쓸 것이다. 다른 사람들은 양손에 얼굴을 묻은 J. P.와는 다른 자세로 그렸다. 그는 정면을 바라보는 얼굴을 그렸다. 작업하는 동안에는 도미닉 생각을 멈출 수 있었다. 도미닉에 대한 생각이 선으로, 붓질로, 색으로 전이된 건지도 모르지만. 산 사람들의 초상화는 죽은 사람을 덮지 못했다. 그들은 죽은 자의 무덤이었다.

    데이비드는 삶의 궤도에 다시 올라섰다. 산 사람들을 그리고 칠할 수 있게 되었다. 10월에 샌프란시스코 드 영 미술관에서 열린 대규모 전시회와 런던, 뉴욕, 로스앤젤레스, 파리, 베이징 등지에서 열리는 수많은 전시회를 준비할 수 있게 되었고, 인터뷰하러 온 기자에게, 다큐멘터리를 찍으러 온 감독에게 "나는 낙관주의자입니다"라고 말할 수 있게 되었다. 그는 일흔아홉 살이었다. 난청은 정상적인 사회생활을 불가능하게 만들었다. 한 방에 사람이 두 명 이상 있으면 데이비드는 아무 소리도 들을 수 없었다. 그는 치과, 병원, 서점, 마리화나 상점에 갈 때를 빼고는 집 밖에 나가지 않았다. 불안증 치료를 목적으로 마리화나를 복용할 수 있는 카드를 받았다. 그가 앓는 불안증은 마리화나를 피울 수 없을지도 모른다는 불안으로 생겼다고 생각하며 데이비드는 씽긋 웃었다. 테이트 모던 미술관에서 열릴 중요한 회고전이 일 년 남았다. 이 회고전은 파리의 퐁피두센터, 뉴욕의 메트로폴리탄 미술관에서도 열릴 예정이다. 전시회는 육십 년에 걸친 그의 작품 세계를 훑어보는 기회가 될 것이다. 그런 전시회를 준비하려면 할 일이 많았다. 몽캄 애비뉴의 아틀리에는 또 한 번 개미굴로 변했다. 데이비드는 조수들을 데리고 그 어느 때보다 바쁘게 하루하루를 보냈다.

그는 합법적인 경로로 구한 마리화나를 피우며 가장 최근에 완성한 작품을 바라보았다. 카라바조와 세잔의 작품에서 영감을 받아 아이패드에 그린 그림을 인쇄한 것이었다. 그림에는 카드놀이를 하는 중년 남성 세 명이 등장한다. 인쇄한 그림 뒤에는 세 개의 스크린을 배치했다. 그 스크린에는 세 남자의 초상을 그려 넣었다. 아이패드의 애플리케이션을 누르면 첫 번째 선부터 마지막 선까지 그림이 완성되는 과정이 빠른 속도로 재생된다. 데이비드는 곧 작품을 감상할 관람객처럼 빠른 속도로 그림을 그리는 자신을 바라보았다. 선이 빨리 그어지더니 얼굴이 나타났다. 손이 방향을 바꾸고 지우고 얼굴을 반대 방향으로 돌리고 표정을 바꾸었다. 정면 벽에 걸린 작품은 완성된 그림과 창작 과정을 동시에 보여주었다. 그의 작업과 완벽히 일치했다. 내일이면 그는 새로운 프로젝트를 시작한다. 담배를 피우는 세 남자를 그릴 것이다. 담배? 마리화나? 어차피 냄새는 나지 않을 테니 약간의 선동도 나쁘지 않을 것이다. 이미 그의 머릿속에는 새로운 아이디어가 떠올랐다. 피에로 델라 프란체스카를 본떠 수태고지를 그리는 것이다. 로랭을 따라 〈산상 설교〉를 그렸듯이 사이키델릭한 색으로 캘리포니아식 수태고지를 그리면 어떨까. 탄생, 사랑, 인생의 사이클을 색색의 전시회로 축하하는 것이다. 목탄화로 그린 영국의 음울한 풍경 이후에 캘리포니아로의 복귀는 가장 밝고 대담한 색으로의 복귀가 되었다.

풍경화 다음에 초상화. 겨울 다음에 봄. 기술 다음에 손. 수채화 다음에 유화. 목탄화 다음에 색. 영국 다음에 캘리포니아. 비극 다음에 기쁨. 밤 다음에 새벽. 무 다음에 창작. 그렇게 계속되는 것이다. 모든 것이 교대로 찾아온다. 무용한 질문에 대답은 없다. 돌고 도는 순환만 있을 뿐이다. 인생은 앞으로만 뻗은 직선도로가 아니다. 구불구불하고 중간에 멈췄다가 다시 출발하고, 뒤로 돌아왔다가 다시 앞으로 달려 나가는 것이다. 우연과 비극도 운명에 속한다. 운명과 그림은 결국 같은 게 아닐까? 혼란스러운 세상에서 질서를 인지할 수 있는 능력 말이다. 데이비드를 예술로 이끈 것도 바로 그것이다. 그가 좋아하는 화가인 피에로 델라 프란체스카와 클로드 로랭이 가진 것. 상반되는 색과 요소들의 복합적인 균형, 공간 속에 배치된 인간의 위치, 거대한 전체의 작은 부분에 지나지 않는 인간의 느낌. 화가는 우주의 사제이다.

확실한 것은 단 하나였다. 어릴 적 색연필을 손에 쥘 수 있었을 때부터 그는 그림을 그렸다. 처음부터 그는 삼차원의 세상 앞에서 그가 느낀 감탄을 이차원으로 표현하려 했다. 그는 앞으로도 멈추지 않을 것이다.

뤼시아나 플로리스, 밀렌 아브리바, 샤를 케르마레크, 엘렌 랑드모르, 벤 리베르만, 미르자나 시리크, 고르다나 드라 롱시에르, 일라리 알레드, 재클린 레츠테르, 와디 상바라, 로진 퀴세, 리샤르 인, 알레산드로 리시아렐리, 제니퍼 코헨, 셀리 그리핀, 카트린 텍시에, 나탈리 바이외, 안 비주에게 이 책을 읽고 보내준 성원에 고맙다는 말을 전하고 싶습니다.

변함없는 지지를 보내주고 이 책을 출판해준 장마리 라크라베틴과 앙투안 갈리마르에게 감사합니다.

참고 자료

책

Hockney, David, *My Early Years*, London, Thames and Hudson, 1976.

———, *That's The Way I See it*, London, Thames and Hudson, 1993.

———, *Secret Knowledge : Rediscovering the Lost Techniques of the Old Masters*, London, Thames and Hudson, 2006; 데이비드 호크니, 남경태 옮김, 『명화의 비밀―호크니가 파헤친 거장들의 비법』, 한길사, 2019.

Sykes, Christopher Simon, *David Hockney : A Rake's Progress. The Biography,* 1937-1975, New York, Doubleday, 2011.

———, *David Hockney : A Pilgrim's Progress. The Biography*, 1975-2012, New York, Doubleday, 2014.

Weschler, Lawrence, *True To Life : Twenty-Five Years of Conversations with David Hockney*, Berkeley, Los Angeles, London, University of California Press, 2008.

Gayford, Martin, *Conversations avec David Hockney*, Paris, Éditions du Seuil, 2011; 마틴 게이퍼드, 주은정 옮김, 『다시, 그림이다―데이비드 호크니와의 대화, 디자인하우스, 2012.

Ottinger, Didier (dir.), *David Hockney*, Paris, Éditions du Centre Pompidou, 2017.

Rowley, George, *Principles of Chinese Painting*, Princeton, Princeton University Press, 1947.

Livingstone, Marco and Heymer, Kay, *Hockney's Portraits and People,*

London, Thames and Hudson, 2003.

Barringer, Tim and Devaney, Edith, *David Hockney : A Bigger Picture*, London, Royal Academy, 2012.

Benefield, Richard, Weschler, Lawrence, Howgate, Sarah and Evans, Gregory, *David Hockney. A Bigger Exhibition*, San Francisco, Fine Arts Museum of San Francisco, 2014.

기사

Fuller, Peter, « An interview with David Hockney », *Art Monthly*, London, November 1977, no.12, pp. 4-10.

Kramer, Hilton, « The Fun of David Hockney », *The New York Times*, November 4th 1977.

Bunyan, Nigel, « David Hockney assistant died after drinking drain cleaner, Inquest told », *The Guardian*, August 29th 2013.

Hattenstone, Simon, « David Hockney : Just because I'm cheeky, doesn't mean I'm not serious », *The Guardian*, May 9th 2015.

영화

Haas, Philip and Hockney, David, *A Day on the Grand Canal with the Emperor of China or : Surface Is Illusion But So is Depth.* Film, 46 min., 1988.

Hazan, Jack, *A Bigger Splash, starring David Hockney*. Film, 105 min., 1975.

Wright, Randall, *Hockney.* Film, 112 min., 2016.

호크니 작품 찾아보기
*이 책에 나오는 작품을 중심으로

〈수치심Shame〉(1960) —— **27**

〈우리 달라붙은 두 소년We Two Boys Together Clinging〉(1961) —— **29**

〈1961년 3월 24일 새벽의 차차차The Cha Cha that was Danced in the Early Hours of 24th March 1961〉(1961) —— **33**

〈세 명의 왕과 한 명의 왕비Three Kings and a Queen〉(1961) —— **34**

〈이집트 스타일로 그린 고관들의 대행렬A Grand Procession of Dignitaries in the Semi-Egyptian Style〉(1961) —— **38**

〈양치질, 이른 저녁, 오후 10시Cleaning Teeth, Early Evening(10pm)〉(1962) —— **39**

〈파란 무언가를 향해 달리는 남자Man Running Towards a Bit of Blue〉(1963) —— **67**

〈닉의 수영장에서 나오는 피터Peter Getting Out of Nick's Pool〉(1966) —— **62**

〈방, 타자나The Room, Tarzana〉(1967) —— **62**

〈더 큰 첨벙A Bigger Splash〉(1967) —— **93**

〈비시의 온천 공원Le Parc des Sources, Vichy〉(1970) —— **86**

〈예술가의 초상Portrait of an Artist〉(1972) —— **87, 102, 129**

〈커비Kerby〉(After Hogarth) (1975) —— **154**

〈나의 부모님My Parents〉(1977) ───── **102, 129, 184**

〈푸른 기타를 그리고 있는 자화상Self portrait with blue guitar〉(1977)
───── **104**

〈미완성 자화상과 모델Model with Unfinished Self Portrait〉(1977) ─────
104, 106

〈산타 모니카 대로Santa Monica Boulevard〉(1979) ───── **129, 132**

〈나의 집, 몽캄 애비뉴, 로스앤젤레스, 1982년 2월 26일 금요일
My House Montcalm Avenue Los Angeles Friday, February 26th. 1982〉(1982)
───── **136**

〈에코 파크에 있는 모와 리사의 집 방문A Visit with Mo and Lisa, Echo Park〉(1984) ───── **156**

〈페어블러섬 하이웨이Pearblossom Highway〉(1986) ───── **160**

〈더 큰 그랜드캐니언A Bigger Grand Canyon〉(1998) ───── **192**

〈워터 근처의 더 큰 나무들Bigger Trees Near Warter〉(2007) ───── **202**

〈사계, 월드게이트 숲The Four Seasons, Woldgate Woods (Spring 2011, Summer 2010, Autumn 2010, Winter 2010)〉(2011) ───── **200**

옮긴이의 말

카트린 퀴세는 어느 날 갈리마르 출판사에서 전화 한 통을 받는다. 데이비드 호크니의 삶에 관한 책을 써달라는 의뢰였다. 2017년 여름, 파리 퐁피두센터에서 열릴 그의 회고전에 즈음해서 출간할 예정이란다.

누가 데이비드 호크니를 모를까?

카트린 퀴세는 몰랐다. 제안을 수락하기 전에 그녀는 호크니의 작품을 보러 갔다. 2인 초상화 중 아마 가장 유명한 작품을 보고 그녀는 호크니의 매력에 빠진 듯하다. 그러나 그녀가 정말 호크니를 사랑하게 된 것은 그에 관한 수많은 자료를 탐독한 뒤였다.

호크니는 영국의 공업 지역에 사는 가난한 집안의 넷째 아들로 태어났다. 영국의 우중충한 날씨, 공업 지역의 삭막함, 그리고 넉넉지 못한 집안 형편에서 자란 아이라면

비관적이고 어두울 수도 있지만, 호크니는 행복한 아이였고 낙천적인 어른이 되었다. 회색이 가득한 곳에서 자란 아이는 눈부시게 밝은 색채로 물든 그림을 그렸다.

그의 창작의 원천은 무엇일까? 아마도 같은 예술가인 작가 퀴세가 연구하고 싶은 부분이었을 것이다. 퀴세는 실제로 호크니와 자신이 꽤 닮았다고 강조한다. 호크니가 영국과 미국을 오가며 활동했다면 그녀는 프랑스와 미국을 오가며 활동한다. 호크니가 대중적인 구상화를 지향했다면 그녀는 대중에게 널리 읽히는 작가가 되고 싶은 갈망이 있다. 창작에 관한 마르지 않는 열정도 두 사람의 공통점이다.

퀴세는 "이 책은 자유에 관한 책이다"라고 말하기를 주저하지 않는다. 호크니는 자유를 실천한 인물이었으며 그건 아마 어릴 적부터 아버지인 켄 호크니가 "얘들아, 이웃들이 무슨 생각을 하든 상관 마라"고 했던 말 때문이었을 것이다. 타인의 시선에서 자유로워질 것. 늘 독자와 평단의 눈치를 봐야 하는 작가로서 퀴세가 부러워할 만한 덕목이리라. 그런 자유로움이 있었기에 호크니는 시대에 뒤떨어진다는 평을 받는 구상화를 과감히 선택했고, 많은 비난을 받은 역원근법을 적용했으며, 평론가들에게 인정받지 못해도 새로운 시도를 계속해나갔다.

퀴세가 주목한 또 다른 원천은 호크니가 가진 그림에 대한 열정이다. 그리고 그 열정이 그림을 위한 그림을 그리는 것이 아니라 삶에서 나온다는 것을 보여준다. 호크니는 젊었을 때부터 세간의 관심을 끌 정도로 화려한 삶을 살았던 것으로 알려졌지만 퀴세가 보여주는 호크니의 인생은 매 순간 본능에 충실했던 한 남자의 삶이다. "너에게 소중한 걸 그려." 그는 친구의 조언을 그대로 따랐다. 동성애가 처벌받던 시절의 영국에서 성 정체성을 공공연히 드러내고 그것을 작품에 반영하기를 두려워하지 않았다. 그런가 하면 연인 피터와의 고통스러운 이별도 그의 작업에 고스란히 영향을 끼쳤다. 그림을 그리는 일이 고통스러웠으니 말이다. 바이런의 죽음, 에이즈로 죽어간 지인들, 친한 친구들의 병사, 자살은 매번 호크니를 마비시켰다. 그렇지만 호크니는 매번 다시 일어섰다. 새로운 매체를 통해서. 사진기, 복사기, 팩스, 휴대전화, 그리고 아이패드에 이르기까지.

퀴세는 아웃사이더이면서 인사이더인 호크니를 통해 결국 '예술가란 무엇인가?', '영감은 어디에서 오는가?', '예술가를 예술가로 규정하는 사람은 누구인가? 평론가인가?' 등의 질문을 던진다. 이렇듯 이 책은 예술가가 예술가를 바라보며 그의 행보를 이해하고 지지하고 존경하며 보낸 오마주다.

소설이면서 전기인 이 책은 픽션과 논픽션이 결합되어 있다. 카트린 퀴세는 원래 '나'에 관한 이야기를 주로 쓰는 작가이다. 자신이 아닌 타인이라고 해봤자 친정어머니나 시어머니의 삶을 소설로 쓴 경험이 있을 뿐이다.

이 책에서 그녀는 처음으로 모르는 사람의 이야기를 썼

다. 호크니에 '빙의'되어 그가 했을 생각, 그가 느꼈을 감정을 담았다. 독특한 형식 때문인지 호크니에 관한 다른 글에서는 느낄 수 없는 감정이 전달된다. 그러나 그녀는 백 퍼센트 사실에 기반해서 이 책을 썼다. 심지어 등장인물들이 하는 말 대부분을 그대로 옮겨 왔다고 한다. 반면 예외로 바이런에 관한 언급은 그 어떤 자료에서도 찾을 수 없었다. 아이가 사망한 날짜만 기록되어 있다고 한다. 따라서 이 부분에서는 작가의 개입이 두드러진다.

이 책을 의뢰받았을 당시에 퀴세는 호크니를 한 번도 만난 적이 없었다. 특히 이 책을 쓰는 동안에는 그를 만나고 싶지 않았다고 한다. 외부의 영향을 완전히 배제하고 싶었기 때문이다. 지금은 호크니가 자신이 쓴 책을 좋아해주기만을 바란다고.

개인적인 얘기를 하자면, 2019년 서울에서도 호크니 전시회가 열렸다. 여름이 끝날 무렵, 표를 예약하고 전시회가 끝나기 전에 꼭 가야지 했는데 무슨 일에 바빴는지 깜빡하고 말았다. 미술 전시회 관람의 맛을 알아가던 차여서 무척 아쉬웠던 기억이 있다.

카트린 퀴세는 어떤가. 2000년대 초 파리에서 유학 중이던 나는 텔레비전 문학 프로그램에 출연한 그녀를 보고 대번에 관심이 갔다. 그때 그녀의 작품을 한국의 한 출판사에 소개했었다. 공부나 열심히 하라며 보기 좋게 물을 먹었지만.

"인생에서 우연히 일어나는 일은 없다"였던가.

이 책을 번역하며 좋아하는 두 작가를 한꺼번에 만날 수 있어서 기쁘고 영광이었다.

참고로, 데이비드 호크니는 아직 정정하다. 요즘 미술계에서 뜨거운 이슈로 떠오른 NFT(대체 불가능 토큰)에 대해서도 쓴소리를 하고 있다.

2021년 8월
권지현

편집 후기

사실을 토대로 구성된 작품답게 원서에는 데이비드 호크니에 관련된 자료가 잘 정리되어 있었다. 그런데 작품 리스트는 없었다. 책에 등장하는 그의 작품들을 페이지 번호와 함께 정리해두면 그림을 그렸을 당시의 이야기를 쉽게 찾아볼 수 있을 것 같았다.

문제는 카트린 퀴세가 이 책을 프랑스어로 썼다는 점이다. 데이비드 호크니는 영국 사람이니 작품명은 당연히 영어. 프랑스어로 번역된 작품명을 기준으로 영어로 된 작품명을 찾아야 하는 거다.

원서에도 없는 자료니 솔직히 안 하면 그만이다. 안 한다고 뭐라 하는 사람은 없다. 그런데도 교정을 보는 내내 마음이 찜찜했다. 결국 작품 리스트를 정리하기로 했다. 스스로 결정했으면서도 마음 한쪽에 귀찮은 마음을 버리지 못한 채 의자에 앉았다.

한참 작업을 하다가 책에 나오는 작품의 제작 연도가 실제와 다른 게 발견되었다. 같은 작품을 여러 번 그린 것도 아닌데 제작 연도가 다를 리 없었다. 확인이 필요했다. 에이전시를 통해 갈리마르 출판사에 문의, 오류가 맞다는 답을 받았다. 작품 리스트를 정리하지 않았다면 아마 그냥 지나쳤을 것이다.

책이 출간된 다음에 오, 탈자가 떡하니 눈에 띄었을 때 우리는, 편집자들은 절망한다. 어디 숨어 있다가 이제 보이는 건지, 혹자는 쌍벌레설을 펼친다. 작은 그것들은 조용히 우리 곁에 와 있다. 어디 오류뿐인가. 얼마 전까지 즐겨 쓰던 말이 과거의 단어가 되기도, 아예 사라지기도 한다. 깨끗이 씻겨 자리에 앉힌 아이가 잠깐 눈 돌린 사이에 먼지 가득한 세상을 향해 달려나가는 것처럼. 말은 살아 움직이고 책 속의 글자는 인쇄되면 한동안 그 몸으로 살아가야 한다.

영화 〈행복한 사전〉에는 십여 년 동안 사전을 만드는 편집자들이 나온다. 긴 시간 단어를 모아 번듯한 사전을 선보인 출판기념회 다음 날, 편집자는 노트를 꺼낸다. 펜을 든다. 사전 개정판 작업이 시작된다.

어쩌면 이건 편집자의 숙명인지 모르겠다.

미행에서 만든 책들

1	소설	마르셀 프루스트	최미경	**쾌락과 나날**
2	시	조르주 바타유	권지현	**아르캉젤리크**
3	소설	유리 올레샤	김성일	**리옴빠**
4	시	월리스 스티븐스	정하연	**하모니엄**
5	소설	나카지마 아쓰시	박은정	**빛과 바람과 꿈**
6	시	요제프 어틸러	진경애	**너무 아프다**
7	시	플로르벨라 이스팡카	김지은	**누구의 것도 아닌 나**
8	소설	카트린 퀴세	권지현	**데이비드 호크니의 인생**

카트린 퀴세(Catherine Cusset, 1963-)는 프랑스의 베스트셀러 작가로, 명문고인 루이 르 그랑과 역시 명문대인 파리고등사범학교를 졸업한 재원이었다. 어렵기로 유명한 1급 교원 자격을 취득한 뒤 사드에 관한 논문으로 박사학위를 받았다. 1991년에 미국으로 건너가 예일대학교에서 18세기 프랑스 문학을 가르쳤으며 2002년부터 전업 작가로 활동하고 있다. 주로 가족, 욕망, 프랑스와 미국의 문화적 차이 등의 주제를 '오토픽션' 형식으로 쓴다. 2000년에 『제인과의 문제』로 '엘르 독자 대상'을 수상했고, 2008년에는 『빛나는 미래』로 고등학생이 뽑은 공쿠르상을 받았다. 2016년에는 프랑스 문화부에서 주는 예술문학훈장을 받았으며 2018년에는 『데이비드 호크니의 인생』으로 아나이스 닌 상(Prix Anaïs-Nin)을 수상했다. 전 세계 15개국에 소개된 작가로 현재 미국과 프랑스를 오가며 살고 있다.

옮긴이 권지현은 한국외국어대학교 통역번역대학원 한불과를 나온 뒤 파리 통역번역대학원(ESIT) 번역학부 특별과정과 동 대학원 박사과정을 졸업했다. 현재 이화여자대학교 통역번역대학원에서 강의를 하고 있다. 옮긴 책으로 『마음의 푸른 상흔』, 『지하의 시간들』, 『독약』, 『내 어머니의 모든 것』, 『아르캉젤리크』 등이 있다.

데이비드 호크니의 인생

카트린 퀴세 • 권지현 옮김

초판 1쇄 발행 2021년 8월 31일

펴낸곳 미행
출판등록 제2020-000047호
전화 070-4045-7249
메일 mihaenghouse@gmail.com
인쇄 제책 영신사

ISBN 979-11-967836-9-3 03860

Vie de David Hockney © Editions Gallimard, Paris, 2018
Korean Edition © Mihaeng House, 2021

All right reserved.

This Korean edition was published by Mihaeng House by arrangement with Les Éditions Gallimard through KCC(Korea Copyright Center Inc.), Seoul.

이 책은 (주)한국저작권센터(KCC)를 통한 저작권자와의 독점계약으로 미행에서 출간되었습니다. 저작권법에 의해 한국 내에서 보호를 받는 저작물이므로 무단전재와 복제를 금합니다.